KB178450

푸른사상 시선 169

울음의 기원

푸른사상 시선 169

울음의 기원

인쇄 · 2023년 1월 27일 | 발행 · 2023년 2월 2일

지은이 · 강태승
펴낸이 · 한봉숙
펴낸곳 · 푸른사상사

주간 · 맹문재 | 편집 · 지순이, 김수란, 노현정 | 마케팅 · 한정규
등록 · 1999년 7월 8일 제2-2876호
주소 · 경기도 파주시 회동길 337-16(서패동 470-6) 푸른사상사
대표전화 · 031) 955-9111(2) | 팩시밀리 · 031) 955-9114
이메일 · prun21c@hanmail.net
홈페이지 · http://www.prun21c.com

ⓒ 강태승, 2023

ISBN 979-11-308-2012-5   03810
값 12,000원

푸른사상
시선

169

울음의 기원

강태승 시집

중복(中伏)에,

밭 가운데에 서서 햇빛에 정수리를 말리면
푸른 낱말이 땀방울로 떨어진다
콩잎을 누이면 콩잎 뒤에 숨었던 쇠비름과
개비름이 뿌리에 발목이 잡혀 도망치지
못하는 것,
누가 너희를 여기로 보냈느냐 물으면
하 하 하느님께서 보내셨다고 우긴다

것 참 하느님이 보내신 것 뽑자니 그렇고
그냥 두자니 콩이 여물지 못할 것인데
이 일을 어떻게 할까? 하는 정수리를
햇빛이 까맣게 데우도록 그냥 두면
목덜미에서 떨어지는 땀방울이 길을 내준다
강물이 바다로 사라지듯이
고민거리가 그냥 콩 이파리로 무성해진다.

2023년 1월
강태승

| 차례 |

■ 시인의 말

제1부

제2부

제3부

제4부

제1부

허기의 힘

사자 달린다 말 뛴다 독수리 날개 편다
햇빛 비치자 뱀이 나뭇가지를 감고
어둠 내리자 올빼미가 눈알을 굴린다
개미 제 몸보다 열 배 큰 씨알을 졌다
밤마다 압구정 길목은 가지 굵어지고
아침 비행기가 태평양 한 번에 건너
안전하게 새벽에 내렸다는 소식이고
자살 폭탄으로 23명 죽었다고 실렸다
극우는 탈북자를 변절자라 욕을 하고
올해는
비 내리지 않는다고 어머니 한숨이다
일본은 이지스함 남해에 배치하였고
한국은 은근 용인하는 이유 있다 한다
여름으로 이파리들은 속속 검어지고
애를 밴 그녀 먹는 것에 쫓겨 다니고
불자동차는 아무 때나 아우성이다
불쑥 같은 시각에 해는 정오 향해 있다.

집주인 만나기

이름 걸린 집에 들어가면 주인?
아니면 살기 때문에 주인인가
문패를 떼면 집주인 아닌가
불타면 집주인 머무는 곳은?
집 때문에 집주인인가 살기
때문에 집이 있는 것인가 라는
질문이 가지마다 붉게 피었다

주인 만나러 나온 나에게
집주인이 왜 만나려 하는가
그냥 들어가면 주인이고
주인이 아니어도 들어가면 집주인
아니면 누군가 살다 간 집
지금은 주인이어도
끝내는 곧 쫓겨날 집주인?

지나가는 바람이 웃는 것에
새가 질료를 물고 날아오른다
집을 양보하고 들길에 서면

언제나 먼저 기다리고 있는
개망초 한가득 생글거린다
맨발이 보이는 엉겅퀴
안과 밖에 있어도 어차피 주인,

그러면서 집이 없는 나다
집이라는 생각에 쏟아지는 햇빛
내가 곧 집이라는 윤슬을
은사시나무가 허공에 반짝인다
모든 집을 잃을수록 견고해진다
나를 버릴수록 커지는 집
곧 개밥바라기 마중 나오겠다.

간화선(看話禪)의 비밀

경주 남산에는 머리 없는 불상이 법을 설한다
천년을 살아 만년도 너끈히 살 수 있는 자세
머리 있어도 없어도 불(佛), 나비가 날아들고
잠자리가 어깨에서 눈깔 데굴데굴 굴리거나
비 온 뒤 살모사가 올라가도 고치지 않는다

참새 개구리 까마귀가 앉아도 나무라지 않고
잡초와 잎사귀 삭정이 쌓여도 움직이지 않는
머리를 누군가 치우고 허공을 얹어놓았다
해와 달이 머리에 앉으면 환해지는 삼라만상
별이 뜨면 불상의 머리는 아침까지 반짝인다

새가 똥을 싸고 매미가 껍질만 남겨두거나
계절이 발자국 새겨도 내용이 변하지 않는다
지금은 여름이라 천둥번개 장대비 쏘다니는
구름모니불 바람모니불 진눈깨비 달려간 뒤
폭설이 소복한 겨울날의 불상은 한 편의 시,

머리가 없으니 분노 슬픔 우울 기쁨도 없겠다?

땅바닥에 굴러떨어져 산이 된 불두(佛頭)를
산영(山影) 홀로 간직하려 하지만 검어지는 능선
머리를 비워 솔방울과 도토리도 불이 되는
죽음을 얹어도 생불(生佛)인 무두불이 경주에 산다.

시 한 편 읽기

아침에 나가보니 함박눈이 시 한 편 썼다
감나무 가지엔 군데군데 띄어쓰기 했지만
햇빛이 비추자 일제히 모서리 반짝인다
참새가 운(韻)에 앉아 지저귀다 날아가도
두 편 세 편이 되지 않는 하느님의 시,
바람이 청솔가지 툭툭 차버리면
낱말 우르르 쏟아져버리거나
하늘 높이 날릴지라도 바뀌지 않는다
가지를 잘라 아궁이에 넣거나
종일 숲속을 밟고 다닐지라도
함박눈으로 쓰인 시는 줄지 않고
밤이면 더 단단해지는 질료
굴뚝에서 연기 오르면 아득해진다
바위가 직립한 산등성이 넘어온
바람을 갈비뼈에 넣으면 오소소 돋는
한주먹 집어서 목구멍에 넣으면
목구멍에 부으면 핏줄이 파래지는 시
무릎 꿇으면 정녕코 모질게 눈부시다
감사합니다 라는 말만 하고픈 시

산비탈 구르고 구르면 손목 발목에
뱀처럼 감기는 시의 웃음 시의 전언(傳言)
알몸으로 껴안고 사흘쯤 자고 싶은 시가,
주먹으로 갈기듯 가슴 철렁! 하게 도착했다.

빗방울의 질문

양철지붕 두드리는 갑작스런 빗소리에
창문을 여니 반갑다 발등 적시다가
서늘한 매질에 돌출되는 핏줄로
푸르스름한 기억에 떡잎이 돋아
이참에 죄를 죄다 고백하라는 비,

그 푸른 훈계가 고마워 단추 풀자
죄의 골목을 타고 흐르던 꽃비가
까맣게 잊어버린 발자국을 적시자
뼈와 살도 그제야 기억이 났는지
실한 소름이 마구 돋아났다

아예 목숨을 창밖으로 내밀자
단두대의 칼처럼 더듬는 소나기에
영점에서 오소소 떨고 있는 눈부처
금세 오장육부 내재율을 다녀왔는지
손끝 발끝에서 떨어지는 빗방울,

잠시 어디론가 방울방울 흔들리다

오히려 고맙고 감사하다는
빈집 짓지 말라 잠깐은 더 흔들리다
잘 다녀간다고 다음에 보자던 빗물이
핏방울처럼 눈썹에 자꾸만 맺힌다.

전정(剪定)

날 가두려 하지만 당신 밖으로 꽃을 피우지요
팔다리 덜컥 자르고 밑동 베는 것도 모자라
뿌리마저 잘라버려 내장 줄줄 흘러도
햇빛의 길로 나의 꽃을 마음껏 피우지요
당신이 보기 좋게 나를 묶거나 휘지만
피우는 것은 나요 나만이 내 꽃을 피워
내 가지에 달지요 아시나요 당신 밖으로,

꽃을 피우기 때문에 당신은 경이롭게
나를 바라보고 당신 모서리 밖으로 벋는
내가 놀라워 조심조심 전정하는 그대 안에
한 송이도 피우지 않기에 날 보러 오지만
그렇다고 덜 피우거나 더 피우지 않지요
툭하면 사지(四肢) 척척 자르는 당신이지만
정녕코 그건 그대 가지를 자르는 것이고,

한 번도 설움을 당신에게 베인 적 없어요
그대에게 꽃 한 송이 잃은 적도 없구요
올해도 멀리 활짝 핀 나의 통증과 슬픔

당신 폭력에 한동안 몸살 앓기는 하지만
나만이 가지 끝까지 달려갔다 돌아오지요
그래서 봄이면 언제나 우듬지 찬란하지요
겨울이면 발등엔 서설(瑞雪) 반짝일 것입니다.

정화조와 매화꽃

홍대 앞 칼리오페 빌딩 뒤편의 정화조는
매화나무 한 그루 단풍나무와 벚나무에
뒷이야기를 꽃으로 피우는 것이다
진흙보다 검고 끈적거리는 질료
앞으로 풀지 못하고 뒤로 풀린 것
제 뱃속에 넣어 발효시키다가
계절이 경칩을 폴짝 건너뛰면
끝내 하나의 꽃으로 피우는 것이다

좋은 것만 먹어도 늘 아프다는 김씨
영양제를 끼고 산다는 정씨
얼굴이 검고 푸르스름하지만
어느 나무보다 환하게 꽃피우는 정화조
청소하러 들어가는 두 분은
온몸에 똥이 범벅이 되어도 눈가엔
매화나무 단풍나무 벚나무보다
천 배 만 배의 꽃이 핀 것을 읽다가,

나도 모르게 먹물을 왈칵 쏟았다

유치원과 중학생인데 민들레 같다는
두 분의 이야기 절벽을 잡고도
춤추는 진달래보다 곱게 열리는 오후
성자를 만나고 싶었는데
막다른 장소에서 쉽게 만난 두 분에
나도 공연히 햇빛에 어깨를 데우는데
까맣게 그을리기만 하는 오온(五蘊)이다.

화사(花蛇)

용광로 뱀이 저승보다 조용했던 쇳덩이 날름거린다
수백 수천 마리의 뱀이 하나의 뱀으로 쏟아지는
단지 철광석 고철이었던 것이 죽은 뱀이었던 쇠가
혓바닥 싱싱하게 내밀며 꽃보다 환하게 웃으며,

무너지거나 쏟아지는 속수무책 덥기보다 뜨거운
느끼하기보다 격렬한 징그럽지만 불꽃 없는 울음을
관(棺)에 붓자 까맣게 몸부림친다 안으로 비명 지른다
철근으로 식은 뱀을 두들기자 전율하는 화사(火蛇),

호미 괭이 삽으로 걸리고 절에서는 종으로 매달렸다
화사(火蛇) 또는 화사(花蛇) 되어 대담하게 난동 부리다가
범종으로 울리자 수만 마리의 뱀이 쏟아져 나와
귓속의 개구리 쥐를 먹고 알지 못한 짐승 쫓아내고,

종으로 돌아간다 아무 때나 쳐도 뱀은 쏟아지지만
아침저녁 듣는 것이 같은 뱀이라도 효험 있다는 소문
용광로에서 뱀이 나온다 한 점 죄 없는 싱싱한 뱀이

기쁨과 슬픔 하나로 섞어버린 뱀이 하얗게 웃자,

다시금 물이 오르는 내 안의 헐벗거나 병든 나뭇가지
꿈결처럼 다시 흐르는 내 안의 시퍼런 강물을 건너
뱀 속의 뱀이 핏속 뼛속을 돌고 돌다가 삭제된 골짜기
독수리 한가하게 빙빙 돌아도 눈송이 간간이 날린다.

파리의 식성

똥파리가 한 살배기를 먹고 있다
주둥이를 박고 식사하고 있다
풋내만 나고 무지개 뜬 눈매에
서너 마리 날아와 쏘다닌다
살구 볼태기와 엉덩이
호박 손보다 허공을 곱게 쥐었지만
파리는 죽음으로 배를 채운다

아무리 뒤져보아도 보이지 않는데
태어나면서 죽어가는 것을
척척 빨아먹는 파리에게
물바닥이 환히 보여도
죄가 한 톨 없어도
죽은 데가 있느냐고 질문하지만
하이에나처럼 먹고 달아나는 파리,

설거나 어설픈 질문을 품고
봄이 오는 한가한 밭둑에 누우니
나비가 삐뚤삐뚤* 날아올라

장다리 꽃밭에서 정답을 접었다 편다
수십 번 펼쳐도 읽지 못하는 나에게
"이것이 답이다"라며
쩡! 소리 내며 쏟아지는 햇빛이다.

* 함민복, 「나비」에서 차용

몸 또는 육(肉)의 반야바라밀

중학교 때 수업료 내지 못해 서무실장에게
손가락질 받았을 때 육신은 묵묵부답
스무 살 현대중공업 취직한 지 열흘 만에
자동차가 팔다리 뭉개고 지나갔을 때에도
몸은 나를 떠나지 않았다
군대 오라고 신체검사 통지서 받고
병무청에서 수술 자국 낭자한 것 친구들에게
수치스러워도 몸은 나를 지켰다
캄캄해서 술만 퍼먹은 삼 년 사 년의 세월
천주교 수도원 들어가서 정신 차리고
세상 옷 입고 나왔을 때 얼굴에 대고
손가락질하는 햇빛에 그을리면
건강해지는 겨! 하고 위로하는 몸
내가 그를 버려도 그는 버리지 않았다
가난한 그림자에 잡혀 모두 달아나도
그만은 달아나지 않고 함께했다
똥값이 되고 아무리 더러워져도
끝끝내 나와 동침하는 것은 그였다
고맙고 미안하여 벚꽃 아래 누이니

감사한지 눈물 흘리는 육신

알량한 선물이 고마운지 막막해지는 것

내가 사랑하지 않았어도

언제나 나를 사랑하였던 그였다

달아나고 버리고 싶었어도

육십 고개를 넘다 돌아보니 여전히

따라오는 것 또한 달랑 육신 하나,

더도 덜도 말고 그처럼 나도 사랑을 하고 싶겠다.

비(雨) 또는 비(非)

나무 속에 비가 내린다 하늘은 푸르지만
나무에는 한창 비가 내리는 중이다
질퍽질퍽해진 길을 맨발로 걷는다
신발 없어도 생(生)을 걸어가는 나무
한결같이 투정하는 소리가 없다
나무속에는 벌써 장마 졌다
흙탕물이 강둑을 넘쳐 논밭 덮치고
저승 가는 길을 끊어버렸다
겨울과 봄의 수작이 무너져
산골짜기까지 들이닥친 바다에
돌고래가 돌아다니는지 소란하다
해마다 한 번은 폭우가 쏟아져
흙탕물이 방 안에 들이닥쳐도
나무 속에 내리는 비는 나무 밖으로
한 번도 넘치지 않았다
태풍이 군홧발로 함부로 쏘다녀도
밖으로 물기가 비치지 않는다
그러나 매미는 장마를 용케 알고
나무에 침(針)을 넣어 마신다

나비도 마른 데에 앉아

흙탕물을 피해 나뭇잎에 맺힌

맑은 이슬만 받아 마신다

나무 속에 가랑비가 내릴 때

알게 모르게 그 밑에 서거나 눕는다

햇빛을 피해 선 곳이 강물이 출렁이는

문득 나무 밑임을 깨닫는 노루,

시방 나무 속에는 여름 장마가 한창이다.

쓰레기의 반야바라밀

집 안 구석구석에 쌓인 폭언 오물 악행
진공청소기로 쓰레기를 밀봉한다
저항하는 것 강제로 걸레질하여
하수구로 보내버리고 도망 다니는 것
창문 열어 내쫓아도 그래도 남는 것
빗자루로 쓸어 울타리에 묻는다
하나의 먼지라도 나가지 못하게
삽으로 두 번 세 번 흙으로 덮고
두 발로 쿵쿵 눌러 죄를 감추어도,

다음해 개나리는 유난히 노랗게 핀다
소식을 들었는지 민들레 냉이도
내가 다가가면 알고 있다는 웃음
오동나무는 손가락질하듯
나만 보면 큰 잎사귀 너울거리고
샛노란 채송화 너무 붉은 장미
훔치고 즐긴 증거를 인멸한 것
징검다리에서 원수 만나듯이

앞을 가로막고 뺨 때리듯 피는 꽃,

백번 뉘우쳐도 용서받기 어려운 것
오히려 꽃으로 활짝 피워 선물하며
모든 죄를 언제나 자신에게 달라는
밖에 버리지 말고 달아나지도 말고
내 허물을 무시로 묻어달라고 하는
잎사귀 더 검푸르게 독이 올라
감나무는 홍시를 건네기도 하였다
눈이 내려 세상이 폭설에 묻히면
가지마다 눈꽃이 겨우내 만발하겠다.

여자였다 남자였다

사람이 그러면 되는가! 분노하는 손목은
남자라는 수컷의 폭력 핏줄이 솟구쳤다
인간이 그러면 되는가요 우겨대는 입술은
여자라는 암컷 심술이 똬리 틀고 있다
짐승이면서 남자 여자 얼켜진 빌딩 앞
구경거리 났다고 눈발이 날리고 있다

어느새 인간이다 여자이다가 암컷
그러면서 여성적인 것을 내미는 남자
그러면서 남성적인 세우고 있는 여자
너구리는 너구리 개구리는 개구리
소나무는 소나무 단풍나무는 단풍나무
여자였다 남자였다가 서로 삿대질하는,

오후의 하늘은 점점 구름 걷혀지고 있다
앞과 뒤 바뀌어도 금세 드러나는 번지(番地)
그런데 그녀였다 그였다가 그년 그놈
육두문자에 간간이 피어 있는 민들레 냉이
봄날은 아직 멀리 있는데 진달래 개나리

안이비설신의에 달렸다 똑똑 떨어지는,

사람인데 남자 인간인데 여자의 말잔치
결국 한 가지에 달린 한 몸이 아닌가요?
묻고 싶은 질문 바람이 걷어차버린다
여자에서 나간 남자, 남자에서 나간 여자
서로 물어 찢다가 먹을 것이 없어졌는지
금세 텅 빈 공간에 자전거 불쑥 도착했다.

슬픔 널기

봄빛엔 슬픔을 널기 적당하다
나무들도 겨우내 얼었던 상처를
꽃으로 환하게 피운 것
햇빛이 붉은 것은 붉게
하얀 것은 더 하얗게 데운다
남으면 큰일 날 듯이
발등까지 핀 이팝나무
목련은 블라우스가
보일락 말락 할지라도
슬픔을 말리느라
청명을 대충 걸친 진달래가
슬픔으로 보이지 않는
기술로 피운 꽃을 만지면
한결 빠르게 슬픔이 마른다
바람이 길을 내듯이
산비탈에 누우면 죄(罪)도
말랐는지 따뜻해지는 손과 발
홀딱 핀 벚나무 밑에서
한나절 뱀처럼 잠들면

이브도 보일 듯한 봄빛인데,
다시 한번 입을 맞추면
너와 나의 오랜 슬픔도
민들레 냉이꽃처럼 착! 피겠다.

화엄사 흑매화

화엄사 매화는 염불 소리가 목에 걸렸나
부처님 법문(法問)을 너무 먹었는가 검다
진리도 먹으면 환하다가 검어지는가
검다가 환하고 어두운가 다시 보면 밝다
환하고 어둡게 피는 것이 쉬운가, 하는
질문을 흑매화는 쉽게 어깨에 얹었다

내려 보면 검고 올려 보면 환하고
올려 보면 검다가 내려 보면 환한 것
매화는 이미 해탈을 읽었는지
붉다기보다 검붉고 검붉다고 읽으면
아랫도리가 너무 환한 흑매화를
햇빛이 가운데 비추면 그마저 하나로,

정리되어 하늘 높이 나부끼는 것이다
무게 없이 무게 드리우는 매화 밑에 서면
모든 무게가 매화꽃에 매달리는 것
그러면서 무게를 보이지 않는 나무
그러면서 천근만근의 그림자로 무겁다

그러면서 생의 무게가 허공에 맺혀 있어,

화엄사 흑매화는 읽기 편하거나 쉽고
쉽거나 편하다가 까마득해지는 것이다
그 흑매화가 대웅전을 독차지하고
모든 길을 가로막고 불쑥 피었다
부처님을 비끼거나 피해 아니 대웅전
먼저 보이도록 검지만 캄캄하게 피었다.

허기의 부활

아버지 가시고 10년 묵은 도끼
까맣게 녹이 슬었다
나뭇가지 하나 자르지 못한다
숫돌에 갈아대자
다시 씩씩해진 도끼
장작을 척척 뽀갠다

자꾸 갈아대자 사자 호랑이
이빨처럼 싱싱해진다
바람도 슥슥 베인다
시퍼렇게 살아난 허기
햇빛에 비추면 혓바닥이
뱃속으로 날름거리고,

나뭇가지 사이로
화사(花蛇)가 반짝일 때
골짜기 날아오르는 독수리
무지개 웃는 폭포에는

물방울 맺힌 나뭇잎
소나기 한 줄금 하겠다.

제2부

사자가 무릎 꿇자 물자 물소의 울음이 사자의 이빨에 물려 사자

배를 채우록 물소의 설움 보는 악을한 물소의 살아온 내력

중력과 사랑은 한 켜 섞지 못하고 물소와 사슴 빠나 카라 꾸고 다니다가 하이에나가 나머지를 숲으로 담아나자 바람이 앞질러

(生土)에 올바르게 상상하지는 즐기와 가시 꽃 푸르로 하늘로 나부는 둥근 웃음 끔쩍고, 포린의 말봄에 남은 과람 햇빛은 만리도 날

죽음이 도착했다

며칠 전 술 먹고 놀던 친구에게
죽음이 도착했다는 연락이 왔다
일 년쯤 뒤에는 저승에
완착할 것 같다는 전언 뒤,

오늘 아침 출근하는데
그 친구가 떠났다는 전화가 왔다
통지서에는 일 년의
시간이 남았다고 했는데,

무정차 급행열차인가
단 수일 만에 가버린 친구
감쪽같이 달아나버린 그의
뒤에는 구름이 유난하다

나도 어차피 갈 것이지만
죽음의 속노는 제각기 달라
순식간 앞서기도 하는 교통사고
그렇겠다, 죽음은 언제나 사고(事故)다.

시(詩)에 매를 맞고 싶다

가슴 두드리는 시에 매를 맞고 싶다
봄이면 개나리 진달래 복숭아처럼
가슴 환하게 하는 시를 읽고 싶다
아무리 흔들어도 꽃이파리만 날리는
가지를 도끼와 낫으로 쳐도
푸른 하늘만 내미는 시를 읽고 싶다

이쪽 저쪽에서 보아도
개나리는 개나리 복숭아는 복숭아로
읽히는 시를 가슴에 얹고 싶다
햇빛이 그림자를 만들면
오히려 운치가 드러나는
소나무 잣나무 갈참나무,

앞뒤 없고 미래와 과거가
보이지 않는 시를 나무들은 쉽사리
봄이면 내밀고 가을엔 스스로 거둔다
길가의 풀잎에 맺힌 각운과 두운을
풀잎으로나 뜯어 먹는 소처럼

무식한 내가 읽어도,

입가에 풋내 나는 시를 읽고 싶다
읽으면 입가에 생피가 묻어나는 시
육즙 때문에 먹기 불편한 시로
하루를 망쳤다는 시를 읽고 싶다
마른 뼈다귀가 아닌 적혈구 백혈구를
막바로 빨고 싶다, 시인이여!

벗나무를 보면서

나도 저 벗나무처럼 오지게 꽃을 피우고 싶다
손과 발 이마와 정수리에도 꽃을 달고 싶다
심장과 간 오장육부 어디든지 꽃 피우고 싶다
심지어 불안 우울 절망에도 꽃을 마구 달고
봄비 맞으면서 개울가에 당당히 선 나무처럼
나도 핏줄마다 뼛속 어디든 빈 곳 없이 피워
한나절이라도 벗나무처럼 환하게 서고 싶다

미치도록 꽃을 피우고도 올바르게 선 벗나무
환장하게 달고서도 한마디 말이 없는 나무
온몸이 부서질 듯 사지(四肢) 찢어질 듯이
보석 또는 먼지 하나 남기지 않고 수류탄처럼
제 안의 모든 것을 밖으로 던져버린 나무
나도 저렇게 하늘과 땅에 섰다가 가고 싶다
한나절이 아니라도 잠깐의 들숨과 날숨 사이,

개나리 진달래 목련 아니면 민들레 냉이꽃
논두렁 밭두렁이면 어떻고 외딴집이면 어떠랴
아무도 찾지 않는 암자 뒤뜰이래도 좋으니

제 꽃에 제 그림자도 맑게 빛나는 벗나무
그렇게 날 찾아오는 날이 오늘이면 좋겠다
아니 너도 이미 벗나무보다 많은 꽃을 달고
하늘과 마주친 천지를 맨발로 여행하는 중이다!

반항의 미학

봄이 오자 나무들이 반항의 눈매를 치켜뜬다
불손할수록 싱싱하게 물이 오르는 나무들이고
혁명의 자세가 뚜렷할수록 직각으로 서는 나무
불량한 입술일수록 푸릇푸릇한 나무들이다

명을 거역할수록 가지에서 가지가 나오고
땅속에 있지 않고 땅을 딛고 일어선 나무들
꽃은 저항 또는 반항의 가지 끝에서 피어났다
올해도 반항의 가지마다 빛나는 벗나무,

이팝나무는 온몸이 저항의 훈장으로 찬란하다
민들레 냉이 제비꽃도 반항의 미소를 가득 품고
봄바람을 읽다가 나비가 눈썹에 앉으면
가장 좋은 내재율로 핏줄 적시는 밭둑,

논두렁에는 개망초가 불온한 반항을 이파리
넙죽거리며 우후죽순으로 차오르는 것이다
순종 복종 굴종이 아니라 목숨은 역성(易姓)

살아 있는 것은 한결같이 파도를 치고 있어,

새들은 안전하게 창공을 날아다니고 있다
하늘과 땅에 반항할수록 환하게 빛나는 산
바다를 밀고 다닐수록 푸르게 깊어지는 바다
태양과 별도 뒤꿈치가 언제나 서서 있는 것이다.

과녁

생피 던지듯 진달래 개나리 목련 핀다
아무렇게나 피어도 적중한다
반대로 있어도 언제나 가슴에 피어나
사람들은 자기도 모르게
아이고, 어머나 어쩜! 엎지른다
보따리 덜컹 놓치거나
오장(五臟)에 쉽사리 바람이 드나든다
솔기가 몽땅 터진 사람은
가지마다 눈보라 가득하다
산을 오르는데 진달래 벗나무
생피 던지는 탓에 사람들은 나무가 된다
식물성으로 척척 휘어진다
과녁에 꽃이 핀 사람은
산으로 모가지 꺾어버리거나
이미 생피 웃음을 흘리면서
온몸에 피가 낭자한 줄 모르면서
자꾸 봄빛에 구르면서
짐승처럼 실실 웃는 사람들,
마침내 산과 산 사이에 묻히자

뼛속으로 번지는 화인(火印)
단전(丹田)에 덜컥 걸리는 푸른 하늘
가만히 구름을 밀어내고
세수를 하면 흠뻑 묻어나는 생피,
막걸리 한 잔 하면
잠깐 죄를 잊은 시간이 다녀간다
얼굴에 빨갛게 피었다 떨어진다.

노동의 비결

아침 물안개 저승의 몸살처럼 피는 개울을
아침 햇볕이 건너올 때 낡은 멍에를 메다
무쇠도 녹일 듯이 대드는 삼복더위
쏘다니는 밭을 쟁기질하자 가지마다
나뭇잎 돋아나 햇빛에 새롭게 반짝이고,

돌멩이에 쟁깃날 부딪히면 떨어지는 수피
수심(樹心) 조용해질수록 물방울 맺힌 줄기로
불쑥 또는 낯설게 얼굴 내미는 푸른 하늘
고삐 바짝 잡아당기면 천 평 가는 쟁기질
산빛 물빛 마시며 소를 길 잡아 따라가자,

바닥으로 가라앉으며 넓어지는 죽음의 여백
뼛속을 지나 밭둑에 걸터앉은 바람의 기억
나비가 날개 접었다 펼 때마다 단순해지는
목숨으로 한숨을 뱉으면 피어나는 황톳길
슬픔은 막걸리 석 잔에 흙으로 풀어지고,

개울에 부은 발목을 담그니 모서리에서

저항하던 상현달 환하게 피는 달맞이꽃
소매의 때처럼 기쁨과 분노 슬픔과 미련
저녁에 눈높이 맞추는 가난한 발목들이
멀어질 듯 가까운 갈참나무에서 미늘 반짝이다.

전기의 꽃은 옴(Ω)이다

전선(電線) 길을 조이면 꽃 환하게 피웠다
물을 막으면 저수지는 뒤로 넓어지다
낭떠러지로 몸을 던져 무지개 피우듯
여름을 가을로 가리고 겨울로 덮으면
함박눈이 천지사방 못질해버린 관(棺)
뚜껑을 열어야 봄이면 다시 피듯
꽃을 만나려 전선의 길을 조이면
언제든지 환하게 피어나는 전기다

저항하게 하면 피어나는 전기의 꽃
모든 꽃은 그래서 저항점이다
저항하지 않으면 죽는 민주주의
넘어지고 무너지는 것이 아니라
순종하고 복종하는 것은 더더욱 아닌
죽어서 버섯이나 키우는 고목 아니라
숨통 묶일수록 환하게 빛나는 전기
뜨겁게 가득 밝히는 옴(Ω)의 법칙,

그리하여 너는 나에게 저항해 주시오

그대 나에게 저항하면 밝아지는 그대
내 그대에게 저항하면 뜨거워지는 나
하늘과 땅에 눕거나 쓰러지지 않고
끝내 저항할수록 높아지는 별처럼
시방 집집마다 전기의 꽃이 피어난다
눈이 내리고 비바람 쳐도 꺼지지 않는,
전기가 풀섶에 있는지 가려운 뼛속이다.

피어라 연꽃!

아침마다 당기던 일터가 툭 끊어지자
그의 식구들이 끊어진 연(鳶)처럼 흩어졌다
실이 팽팽하였을 때는 비린 국이 끓었고
아침마다 신문이 몸 냄새를 풍기며
콩나물보다 노란 소식 전해주었는데
실이 잘리자 노모(老母) 먼저 분리되었다
아이들 옷에 금세 진흙이 묻어
담벼락의 풀처럼 자라자
햇빛이 찾아와 대신 광합성을 하였다
가끔 비닐 반짝였지만 찢어진 곳임을 알고
아무 때나 함부로 드나드는 찬바람
낮은 데 살아야 보이는 것들이
말을 걸어온 것은 그때였다
살림살이 눅눅해지자 제일 먼저
찾아온 손님은 검은 곰팡이
아랫목에서부터 영토를 넓혀가더니
저승의 선물인 양 물방울 맺혔다
계절 가기 전에 친구도 얼굴 바꾸었다며
산에만 오르던 사람

문득 그의 집이 다시 날기 시작했다
한두 푼 모아 분식집 마련했다는 남자
등짝에선 독한 음지식물 냄새가 났다
연줄이 다시 실하게 당겨지자
얼마 뒤 노모가 봄꽃처럼 돌아왔다
팽팽해지자 아이들 옷에 꽃이 피었다
그만의 간판에 밤마다 불이 들어왔다
겨울에도 꺼지지 않을 저 연(鳶), 피어라 연꽃!

직립의 비결

나무들이 서 있는 것은 하늘로 오른 만큼
아래로 내려가 있는 혈족 있기 때문이다
이승 환한 것은 저승으로 들어간 어제
태양 찬란한 것 어딘가 어둡기 때문이듯
겨울의 깊이만큼 아름다워지는 봄길
바다 무너진 수량만큼 쏟아지는 소나기
멀어질수록 가까워지는 소중한 속잎,

어린 꽃잎 피우기 위해 오늘도 바닥으로
모가지 부러지는 오리 늑대 사자 여우
진달래 개나리 휘날리는 시간을 위하여
북극 눈보라 남극과 부지런히 소통하고
스무 살 처녀의 새침한 한때를 위하여
북두칠성 안드로메다 달려가는 중이고
웃자란 고추 모종하려 슬슬 내리는 비,

누군가 먼 아침부터 배를 곯고 우는가
사랑한 만큼 상처가 벌어지는 석류처럼
저 나무들의 단단함을 위하여 줄기와

가지 그리고 푸르른 잎사귀를 위하여
자꾸만 옆으로 넘어지는 근친이 있다
나이테를 휘감고 도는 발자국과 손목
참나무 잣나무에도 쥐라기의 피 냄새,

내가 남 생각하지 못하는 동안 누군가
나를 위하여 폭포에 바람 몰아치고
나를 사랑하지 못하는 안이비설신의에
무덤에서 일어나 앉아 있는 햇무리
가깝게 푸르른 가장자리엔 지옥의 눈물
나무들이 끝내는 쓰러지려 열심히 선다
똑바로 넘어지려 빳빳이 직립하고 있다.

나비의 꿈

저녁에 자동차가 묻지도 따지지도 않고
제 몸무게와 속도를 내 몸에 새길 때
뼈가 부러지면서 하얀 나비 날아올랐다
수백 마리의 나비가 왜 몸에서
날아갈까 의문이 노을에 채색될 때,

수만 마리의 개미가 물어뜯는지
푸른 통증이 장미꽃처럼 농훌 치는
아프고 아프다 하고 싶어도
나비들이 까만 상처만 남겨두고
자꾸 어디론지 날아가는 것이다

동지(冬至)의 길바닥에 목숨이 깔려
쓸모없이 부서진 뼈를 줍는 시간
끝끝내 나를 사랑하지 않으면서
음각하려다 양각하고 만 슬픔이
일 년 내내 지지 않고 피는 병실,

꿈결 따라 뼛속에 가득하다가

깨고 나면 한 마리 남지 않는 나비
햇빛 따라 오장육부에 가득하다가
어두워지면 통증의 이빨에 물려
모르핀을 활짝 피워야 하는 몸,

일곱 번 수술하고서 되찾은 이목구비
일 년 만에 퇴원하는 날 나비들이
함박눈으로 유리창에 마구 부딪힐 때
비로소 어머니의 아들로 웃자
나비들이 어머니의 날개를 활짝 펼쳤다.

생활고

노부부가 연탄불을 타고 저승으로 갔다
무소식이 희소식인 길목에 못을 박고
오지 못하도록 안쪽에 테이프로 막았다
연락 없어 친구가 강제로 침입했을 땐
구름 위에서 노를 젓고 있는가

식을 때 마주 잡은 손은 견고해져
저승에서도 풀지 못해 그대로 살겠다
번개탄은 번개 한 번 치지 않고
비 한 방울 뿌리지 않고서
부부를 저승으로 간단히 실어다 주었다

노잣돈은 때 묻은 낡은 지폐 몇 장
단정한 자세로 손님을 기다리며
"개의치 마시고 국밥 드시죠"를
나뭇가지에 수건 걸어놓듯이 남긴 유언
푸른곰팡이 저승길처럼 파릇파릇하다

잘 도착했는지 창밖으로 바람이 분다

눈발이 간간이 나뭇가지에 걸리고
까맣게 타들어가는 삼겹살 매운 연기를
이승에 갈지자(之)로 풀어놓는다
소주를 마시자 묽게 풀어지는 하루,

기왕에 간 것 잘 가시라고 다시 붓고
거기선 좀 더 행복할까 라는 질문을
숯불이 껴안고 환하게 타오르는 골목
늦가을과 놀던 바람이 주춤주춤 도망친다
TV는 설악산에 겨울 도착했다는 뉴스가 하얗다.

자유의 식성

하이에나가 물소를 물고 가족으로 늘어진다
근친 따라가려 뒷다리에 무게중심 걸었지만
하이에나 새끼가 더 무거운지 잠시 끌려가다
이빨이 침 흘리는 사이 팽팽하게 정지된
누구도 양보할 수 없는 삶과 죽음의 발톱
정지 아니라 도착한 자세에 소나기 다녀간다

이빨에 물소의 피가 스며들자 파래지는 눈
서너 마리가 금세 달라붙어 뒷다리를
허공에 걸쳐놓으니 산 채로 내장을 바닥에
흘리는 물소, 오장육부가 흙이 묻어도
버려둔 채 달아나려 하지만 자존심과
슬픔이 핏물로 쏟아지자 하얘지고 만 오후,

뜯겨지는 옆구리와 가슴 제 눈으로 보고도
앞서간 바람을 따라가려는 물소의 다리
몸이 찢어져도 달려갈 곳을 잃지 않고
갈기갈기 물어 뜯겨도 가야 할 곳이 있는
마침내 몸은 버려도 버릴 수 없는

버려지지 않는 데로 가야 하는 어미 물소,

다 뜯고서야 물소를 놓아주는 하이에나
하이에나도 허기에서 풀려나 널브러진 저녁
물소의 마지막 저항은 뼈에서 이루어질 것이다
눈이 깨지고 혓바닥이 빠져도 돌아가야 하는
이유가 노을에 반짝이며 굵어지는 물방울
죽어서도 점점 단단해지는 자유가 풀잎에서 솟는다.

지옥행 열차

논 한 평 없어 고구마 감자로 연명하고
세상 살기 힘들어 술만 퍼마신 아버지
여섯 자식 애써 키우려는 어머니에게
멍 자국을 툭하면 만들다가
오십 고개 고혈압에서 넘어진 아버지를
슬퍼할 겨를도 없이 살아내려
아리랑 고개 넘는 어머니의 힘으로
고등학교 졸업하고 중공업에 취직했으나
자동차에 깔려 스물에 탄 앰뷸런스
지옥으로 가는 직행 열차였다

가도 가도 손과 발을 묶는 거미줄
여름에 대뜸 쏟아지는 폭설
겨울 소나기에 매번 끊기는 선로
우울증은 아무리 잘라도 솟아나고
절망과 분노는 가지마다 만발하여
언제나 휘어져 있는 줄기를
똑바로 세우려다 다 지나간 청춘역(驛)
오십 고개 넘을 때에 어금니로

저승사자 웃음소리 씹어 뱉으면
오히려 핏줄에 반짝이는 잎사귀,

육십에 도착하자 구순역의 어머니는
아버지에게 가려 투정 부리시고
그루터기만 달랑 남은 목숨
스스로 타지도 않았는데 열차 요금은
동냥이라도 해서 내라는 승무원
그래도 얼떨결에 지옥은 지났는지
아침마다 마당에 쏟아지는 햇살
진달래 개나리도 봄이라 인사하는
환갑의 첫 하늘은 구름 사이 푸른 하늘,
민들레 냉이에서 웃고 있는 조울증이다.

아프리카 반야심경

사자 식구 그러니까 도살자 어미 형제
수사자 자식들이 햇빛 비스듬히 누운
옹고옹고르 평원에서 허기를 덮고 있다
기린의 피 얼굴에 묻히며 서로 핥으며
제 허방 채우느라 으르렁거리는 소리
물방울에 섞여도 풀썩 꺼지는 어스름,

애비 먹던 것 새끼 사자가 마지막까지
붙들었다 와르르 몰려드는 하이에나와
독수리에 쫓겨 기린이었던 식은 뼈로
지친 구멍을 메우려는 자칼의 발걸음
달려왔다 달아나는 회오리바람에
하늘로 날아올라도 선명하게 피는 꽃,

사자들은 생토를 벌러덩 말리고 있다
이빨에 낀 살점을 정리하던 혓바닥
가끔 입속에서 나와 콧등 돌아다니다
모가지에 걸렸던 붉은 꽃이 기억났는지

먼 산을 바라보는 아기 사자의 눈망울
발톱에 찢겨지는 물소의 울음 맺힌다.

방사선의 밀고(密告)

엑스레이 필름에 수상한 짐승의 흔적
함박눈 수북이 쌓인 능선으론
외롭게 찍힌 표범 발자국
암자(庵子)를 가로질러 살금살금 걸은
발자국을 따라가면
오래전 검은 그림자가 웃는다

뱀 허물이 펄럭이는 찔레나무
등뼈에는 멸종된 시조새 울음소리
장미꽃 백합꽃은 보이지 않고
검불덩이만 무성한 오장육부
하구(河口)에 몰려 있는 쓰레기로
단단해진 간(肝)은 의사와 상담하란다

툭하면 거짓말을 생산한 가슴을
한사코 껴안고 있는 갈비뼈
혓바닥엔 술수와 모략 영업 중
까맣게 타버린 뇌 하얗게 질려 있고
엉큼한 발기(勃起)를 꿈꾸면서

한 송이 꽃인 양 골반에 앉은 나비,

발가락은 족보(族譜) 숨기지 못하고
낡은 뒷골목으로 나자빠져 있다
한때는 매머드를 사냥하였지만
이젠 개념이 숭숭 뚫린 뼈를 만지자
티라노사우루스가 눈을 떴는지
영점(零點)에서 반짝이는 필름이다.

햇빛의 화장(火葬)

창문으로 살금살금 들어온 햇빛이
개 돼지 발자국 찍힌 몸을
쏘다니사 금세 불꽃이 핀다
뒤척이고 싶지만 햇빛이 놀랄까 봐
격렬하게 고정시킨 손과 발
햇빛이 뼛속을 휘몰아치자
금세 재만 남는 골(骨)짜기
한 장의 백지가 된 오장육부,

저녁엔 꽃이 지듯이
까맣게 달랑 남는 나
밤에는 햇빛이 어디 있을까
눈을 감으니 발끝에서 반짝이는
불씨 몇 개 모아 가만히 부니
다시 살아나
환해지는 안이비설신의,
캄캄해질수록 실하게 웃는 햇빛이다.

제3부

장의차

팔십 년 한 생애를 간단히 들어 차에 넣는다
생애가 아니라 단지 돼지고기 백 근의 무게,

차바퀴는 즐기면서 슬슬 굴러가는 빗길이다
그에게 기억된 무게만 십 톤 넘었을 것이고

그에게 쌓인 추억만 백 톤 넘었을 것인데
언제 어디로 감쪽같이 다 잃어버리고

고철보다 가벼이 저렇게 가고 마는가
웃음과 행복 통째로 삼킨 것이 천근만근,

근심 걱정과 두려움은 억만 근이었는데
장의차는 헛짐 실은 것처럼 멀어지고 있다.

죽음을 자장면이라,

여기며 한 젓가락 집는다
죽음이 저항하지만 딸려 나온다
검다
주방장이 춘장 뿌렸지만
죽음을 뿌린 것 모를 것이다
면발을 비비니 맛나는
죽음의 가슴팍에
고추 소금을 뿌리자
죽음도 할 수 없이 맛을 더 낸다
김이 무럭무럭 나는 죽음
먹는다 라는 생각에
죽음의 발목이 끼인다
이빨에 끼인 죽음은
고량주를 마셔 즉사시킨다
죽음이 맛있게 다시
죽으며 입가에 웃음을 남긴다
창밖으로 겨울비가 내리고
간간이 눈발이 서성이고
점심으로 자장면을 먹는데

이빨로 뚝뚝 잘라 먹어야 한다
죽음이 앞니에 뭉텅 잘리고
어금니에선 씹힌다
단무지로 환해지는 입술,
커피를 마시자
목구멍을 넘어가던 발목이
바둥거리다 트림에 몰락한다.

물방울의 비결

솔잎에 물방울이 온몸으로 매달렸다
떨어지지 않으려 팔다리를 제 몸 안에
구겨 넣었고 눈 귀 코 입 또한
삭제하곤 잎사귀에서 달랑달랑한다
열 번 백 번 제 몸 말아야 둥그런
물방울은 모서리에 매달리는 것
제 모가지를 잘라 제 뼈에 넣고
뼈를 다시 물방울 안에 넣었다
살아온 날과 걸어갈 꿈을 버리고
한사코 매달리는 분노가 저리 맑다
바람에 걷어차여 툭 떨어지면
다시 매달려 동글동글 말아버린다
지울 것은 지우고 단정하게 앉은
물방울에 물방울이 떨어지면
물방울은 물방울이란 이름을 잃고
냇물에 풍덩 빠져 너덜너덜 흐른다
강물이 되어 이리저리 부딪히다
자신도 모르는 기억이 살아나
오대양의 바다이면서

한 방울의 지구로 자전(自轉)을 한다
같은 한 방울로 담기는 태양
달빛이 어젯밤 내 죄를 비추어
맨발로 산에 오른 아침에
솔잎 끝에 매달린 한 방울의 우주를
손가락에 얹으니, 나도 물방울이 된다.

허기의 끝

천둥 번개 소나기 달려간 능선에 걸린 무지개
여름의 끝 가을 가을의 끝을 잡고 날리는 눈보라
어둠에 달려 있는 빛 빛에 환하게 매달린 어둠
바다 보이는 이슬 이슬의 첫발자국에 비치는
바다,

이승에 본적 있는 저승 저승에 주소가 있는 이승
색즉시공 뒤집으면 공즉시색 공즉시색 던지면
빨랫줄에 걸리는 색즉시공
없냐 하면 파래지는 하늘 있냐 하면 푸르러지는
하늘,

이빨 사이에 낀 슬픔에 기쁜 뒷면까지 씹히는지
빗방울이 지붕을 요란하게 다니다 주춤거린다
의미 없이 굴러다니던 가랑잎이 갑자기 말을 걸어
오면,

반드시 기쁨 또는 슬픔의 물기 축축하다
슬픔 끝에 기쁨 기쁨 끝에 슬픔 으레 열려 있지만

한 입에

슬픔과 기쁨이 같이 왈칵 물리는 사과

씨알을 골라 멀리 뱉으면 울타리에 걸리는 죽음.

질문이 아니고 답?

종일 일하고 방에 들어 불을 켜면
세상에 대한 정답으로 보이는지
날벌레들이 창문을 서성거린다
나도 정답으로 들어가서 생애를
마치고 싶다고 나방은 악을 쓴다
나는 단지 불을 켜야 했는데
누군가에겐 정답으로 보이는 것에,

얼굴을 씻고 거울을 들여다보니
거기서도 누군가 불을 켠다
누군가 누구인가? 들여다보지만
내가 창문을 열지 않으면
들어오지 못하는 나방처럼
거울을 닦고 두드리는 나에게
모기들이 열심히 달려든다

나는 정답이 아니라고 해도
새벽이면 방어망을 뚫고 기어이
피를 마신 자국이 벌겋다

뚫린 곳이 가려워 벅벅 긁으면
정답인 양 붉게 피는 화인(火印),
과녁을 보고도 읽지 못하는 나에게
모기는 기어코 일침(一針)을 가했나 보다.

마음이 사는 법

　한 번은 마음이 산마루 나뭇가지 그것도 갈참나무 뒷면에
숨다
　애벌레가 마음이 거기 있는 줄 모르고 마음과 잎사귀를
먹었다
　마음이 애벌레 속으로 들어가 무럭무럭 자라는 꿈을 꾸
었다
　소나기 변두리 치고 달아난 늦여름 속으로 마음이 끌려
갔다

　고추 붉는 소리 고구마 굵은 소리 호두 소리 뒤섞여도
　마음은 제 몸을 구별하는 것을 놓지 못하는 줄이 팽팽해
　어느 날 마음이 마음을 알지 못할 때 내 맴이 맴이 아니다
　그런 말을 마음은 그런 척 모른 척하는 것에 이슬을 적셨다

　이른 아침 애벌레가 날개를 활짝 폈을 때 마음도 같이
　날개가 퍼지는 것에 천둥번개의 발자국이 등불처럼 찍혔다
　아까운 비를 맞으려 마음이 나이테 감는 곳에 가을이 닥
쳤다
　주저앉은 마음도 설까 말까 궁리하는 자세를 보니 절름거

린다

마음은 이 마음이 자기 마음일까 저 마음이 자기 마음일까

서성이다가 서릿발이 가슴팍으로 돋아나자 눈매를 다듬었다

시시각각으로 조여오는 찬바람의 두께를 마음은 생각하다가

어차피 마음도 허물어지는 뒤꿈치를 발견하곤 밧줄 올리는 것,

찬바람 불자 매미 나비들이 논두렁밭두렁에 툭툭 떨어지는 것에

마음은 마음의 꿈을 탁탁 털고 제자리로 돌아와 앉은 아랫목

눈 내리는 날 마음이 알몸으로 동구 밖에 들어서자 같은 마음이

겨울이 없으면 봄이 오지 않겠지요? 질문하는 입술은 새빨갛다.

사자(死者)의 서(書)

냉동실에서 그를 꺼내자 단지 차가운 백지 한 장이다
만 권의 장서를 읽었고 높은 의자에서 말년을 보내고
수천 수만의 비바람 눈보라를 헤쳐온 지혜와 슬기
육십 칠십 나이테 선명해서 쉽사리 흔들리지 않았다
눈으로 들어온 산과 강 달과 태양을 지나 은핫물도
통째로 단전에 가라앉아도 언제나 빈자리 넓었지만
그 모든 것들이 감쪽같이 삭제된 고깃덩이 한 점
정녕코 아무것도 남아 있지 않은 그를 염하는 장의사,

등뼈 타고 성장하던 금맥(金脈) 핏줄을 타고 돌던 용암
세상 휩쓸고 다닌 이념 사상도 일으켜 데우지 못하고
바다를 향하여 흐르던 강물도 갑자기 말라버려
개울가에 모여 살던 물고기들이 금세 죽어버렸다
강둑으로 줄지어 자라던 나무들도 고사목이 되어
새 한 마리 날아들지 않는 골짜기는 낮인데도 어둡다
대로(大路)에 서면 숱한 사람들이 그림자 드리우거나
가만히 있어도 신문에 대서특필되는 그의 보폭,

그런 그의 손발을 묶어도 아무도 말리지 않는다

안이비설신의 막아도 개 짖는 소리 들리지 않고
초인종을 눌러도 아무도 대답하지 않는 사자의 몸
집 안에 들어서면 수천 수만의 꽃이 인사를 했지만
냉동실에서 꺼내자 그는 단지 글자 하나 없는 책
그의 몸에서 전기가 꺼지자 그 안의 모든 것들을
누군가 먼지 하나 없이 지우개로 지워버렸다
단지 지우개 똥처럼 남겨진 부패하고 있는 한 권의 서.

화장(火葬) 또는 화장(化粧)

쟁기질하다 산비탈에 누우면 진달래 개나리에
화상(火傷)을 입는다 아예 화장(火葬)하라고
웃통 벗으면 검불덩이 불붙듯이 금세
몸에 가득 찬 불이 뱀처럼 돌아다니면서
같은 진달래 개나리꽃을 피운다
산에 피어나는 만큼의 꽃이 피어난다
피어나는 꽃이 산과 같은 데서 피어난다
바위 밑에서 날름거리는 뱀도
같은 대각선 지점에서 햇빛을 즐긴다
막걸리 한 잔 하면 모든 꽃들이
이승의 대척점에서 부딪혔다가
제자리로 돌아가느라 눈동자가
한동안 중심을 찾으려 헤매지만
화상(火傷) 당할수록 고마워지는 화상(花床)
화장(火葬) 당할수록 즐거워지는 화장(化粧)에
소와 내가 한결 다정해지는 것이다
쟁기를 잡고 저녁에 다다르면
개울 바닥의 돌처럼 주저앉은 몸을
태양은 밭둑에 버려두고 떠나가도

어린애 찾듯이 산그림자 마중 나온다
어린애 이불 덮듯이 어스름 달려온다
햇볕에 나를 태울 때는 검어지는 시간
달빛이 나를 비추는 때는 내간체의 시간.

지하철 의자

지하철 의자는 사람들 사연을 듣고 있다
청춘사업부터 인생 막차 탄 노인들의 한숨
하루를 짐칸에 얹고 잠든 아주머니와
술꾼들의 방귀가 눌어붙은 의자
오늘은 보이지 않던 것이 보인다
수녀 앉은 자리는 흰 재(灾) 쌓여 있고
할머니 앉은 자리는 메주 냄새 솟고
실업자인 듯 한 중년이 앉았던 자리는
어두운 문제가 깔려 있고
정치인 앉은 자리는 사기그릇 깨져 있고
계집애 앉았던 자리는 꽃다발이 있다
양쪽으로 앉아도 그들의 숙제를 푸느라
흔들리는 지하철, 사람들이
하루의 보따리를 의자에 죄다 풀어놓아
무게중심이 땅속에 박혔는지
진흙 냄새 나는 바닥을 가로질러
중년 실업자가 비운 의자에
그의 문제 풀리기 바라며
나도 내 문제를 몸으로 밀며

문제와 질문 사이로 앉다가
지하철은 문제들을 어디에 부릴까 했다
매일 아침마다 까맣게 달려왔다가
하얗게 멀어지는 지하철
어쩌면 근심거리 엎질러진 역마다
민들레 냉이들이 더 곱겠다고 우기는 창가에
막힌 것은 풀린다며 윤슬 반짝이는 한강이다.

염(殮)

할머니 돌아가시자 동네 어른이 염해드렸다
미리 마련한 수의로 꽁꽁 싸매드렸다
이승으로 돌아오는 길 발견하기 전에는
나비처럼 날개 돋기 전에는 풀리지 말라고
매듭을 한 번 더 묶어드리는 것이다
누에는 때를 알고 베옷을 마련하듯이
할머니도 미리 마련한 옷을 입혀드리자
저승문 밖으로 이미 문이 열리고 있는지
아니면 바람의 손을 잡고 걸어가시는지
간간이 흔들리는 매듭 칠성판으로 덮자
유난히 다가와 반짝이는 개밥바라기,

할머니는 벌써 북두칠성을 지나셨나 보다
혼잣말로 말씀하는 아버지 숙인 어깨에서
익은 사과 떨어지듯이 툭! 멀어지는 한숨을
밀고 저녁 물안개 차오르는 개울가에는
가을을 밀봉하려는지 슬슬 날리던 눈발이
밤이 되자 무너지듯이 펑펑 쏟아지는 눈
아침에 나가보니 세상은 하나의 커다란

베옷을 입었고 나도 베옷 속에 있었다
대들보 몽땅 부러지듯이 누운 산과 강
베옷의 매듭들이 다 풀리는 봄이 오면
할머니와 나는 진달래 개나리 건너다니겠다.

잠깐 또는 금방이라는 시간

밤새 천둥번개 치며 분탕질하던 태풍이
감쪽같이 달아난 마당에 쏟아지는 햇빛
천길만길 저승길도 환하게 보일 듯
감나무 잎사귀마다 물방울만 반짝이는
처음 하늘이 열린 것같이 먼지 없는
천지사방이 잠깐 딱 멈춘 것같이
뒷마당 항아리에 활짝 핀 봉선화 채송화
웃음소리만 가득한 2022년 9월 6일 아침,

평생 한두 번 만나기 어려운 이 시간
설령 만났어도 잠깐이라는 풍경
영원히 간직하고 싶어 한참을 보다가
나도 그 풍경의 하나이고 싶어
감나무 밑에 앉아 누워보니
통째로 가슴에 무너지는 푸른 하늘
알몸으로 뼛속에 가득 채워지는 밀어
하늘과 땅이 한 획에 그어진 속의 나,

바람이 그만 됐다고 할 때까지

마음 움직이지 않게 말뚝에 고정시키고
땅이 하자는 대로 누워 있자
나를 바닥으로 일치시키려 한다
바닥 위에 바닥이 없고 바닥 아래 없는
바닥에서 나의 바닥은 어디인지
알 수 없다며 그을리기만 하는 햇빛
잠깐 행복한 시간이 금방 지나갔다.

혀에 관한 명상

허기가 내장 물어뜯기 시작하면 혀는 기지개 켠다
허기가 뱀처럼 날름거리면 같은 각도로 날름거리는 혀
문득 욕설이 나갔다면 혀 속에 숨은 개구리 뛰어오른 것
살의(殺意)가 피었다면 늑대가 혀를 독차지했을 때,

겨우내 다람쥐 굴속에서 도토리 알밤 까먹을 땐
찬바람 뚫고 굳이 고구마 사러 밖으로 나갈 것이고
비 오는 날 지렁이 길 밖으로 우르르 몰려다니면
입안을 청소하려 막걸리나 소주를 부을 것이다

혀 속에는 독수리도 살 곳이 충분해서 꿩을 노리다가
허탕 치더라도 물고기 한 마리 잡고서 절벽으로 난다
전갈이 혓바닥 밑에 우글우글거릴 때 꽃을 지키려면
여여(如如)에 몸을 숨기자 금세 모든 독충은 질식한다

악어가 강둑을 불쑥 후려치면 육회 생각날 것이고
고래가 몸을 허공에 던지면 날고기가 떠오를 것이다
단지 입술만 굳게 물고 있으면 혓바닥에 연꽃이 피거나

모든 나뭇가지는 마디마다 여름이 만발할 것이지만,

가끔 햇빛에 혀를 말리면 공자 맹자가 걸어 나와
예수 부처의 구근(球根)을 자신도 모르게 베고 누우면
산 그림자가 현묘(玄妙)하게 마당을 가로질러 간다
해바라기는 얼굴이 아침에서 저녁으로 돌아가 있다.

발바닥으로 듣기

밖에서 들어오는 소리는 걸러야 했다
안에서 나오는 것도 달궈야 하지만
발바닥 밀고 올라오는 소리는
가지마다 꽃을 매달거나 잎사귀를
계절의 속도에 차근차근 걸었다

발바닥 뚫은 것은 곧바로 열매 맺었다
차갑지 않은 것은 발바닥으로 왔다
귀(耳)는 발바닥이 본적(本籍)이다
눈 코 입 그리고 모공들의
발자국 따라가면 발바닥에서 만났다

발바닥에서 올라오는 것은
앞뒤가 선명했다 형용사와 조사의
그림자 얼씬하지 못했다는 것은
거짓이 아니라 정직한 탓이다
장사치 전단지가 주소 옮길 수 없는,

나무들만이 그림자 두었다가

아침이면 햇빛에 설거지하는 곳이다
발바닥에서 올라오는 것은 반듯했다
밖에서 오는 것은 언제나 비릿한
냄새를 따라가면 안이비설신의,

연꽃도 바닥에 뿌리를 두었다
바닥에 도착한 것들은 나무를 키우고
햇빛을 통째로 물고 있었다
세상 돌아다니다가 지치면 눕는 바닥
내 허물어질 자리 언제나 비어 있는 고향.

고통의 힘

자동차에 불쑥 밟혀 뼛속의 통증이 툭! 터지자
모든 슬픔과 연민이 수심(樹心)에 묶였다
고통이 우울 갉아먹고 희망 기쁨 환희 웃음마저
망치질 하는 소리 들리자 절망이 하얗게 피었다

뭉게구름 위에 있는 어둠은 곧 두께가 무거워져
비가 되어 쏟아지는 슬픔에 고통은 차가워졌고
발바닥은 모든 것을 바닥에 부딪히며
바위에 세울 것은 세우고 버릴 것은 버리었다

고통에 잘리고 부서질수록 햇빛에 반짝이는
차라리 마른 통증의 끝에 성냥불을 붙이자
환하게 웃으며 먼 길을 비추는 절망이다
모든 통증과 슬픔 고일수록 반짝이는 윤슬은,

멀어지다 다음 날이면 같은 곳에서 반짝이는
가까이 오지 않으면서 아득해지지도 않는 것
아랑곳하지 않고 밤이면 달려와 쏟아지는

통증이 클수록 새벽마다 세상을 덮는 함박눈,

자동차는 수시로 그렇게 뼛속을 후비고 다녔다
불량배들이 담뱃불 지지듯이 켜지는 전조등
여름철에는 비를 맞으며 길을 막기도 한다
상표처럼 식은 채 바퀴에 툭하면 걸려 있는 분노.

끝끝내 쓸쓸하지 않는 이유

오물과 수치가 발바닥에 쌓이고
비바람 눈보라 뼛속을 달려가고
지렁이 미꾸라지 개구리 득실한
뱃속을 뱀과 백로가 드나들어도
하늘이 통째로 내려앉은 연못,

수선화는 연못의 옆구리에서
제 잘난 치장을 하다가 죽고
미루나무는 연못의 얼굴에
제 살아갈 길을 더듬다가
낙엽만 던져놓고 시들어도,

연못은 수위(水位)가 줄지 않았다
세상의 허드렛물이 모여들어
점점 두꺼워지는 진흙의 무게
피하고 버려진 것들이 마침내
하나로 뭉쳐지는 슬픔의 힘으로,

연꽃을 화들짝 피운 연못

더러움과 그늘 쓰레기 없었으면
움퍽 파인 가슴이 아니었으면
만나지 못했을 석가모니처럼
가장 낮아서 가장 높은 꽃,

겨울날 얼음이 통째로 막아도
안이비설신의 몽땅 잃어도
봄이면 물가에 가득한 꽃 잔치
산골짜기 초롱불도 멀어질수록
점점 하늘 높이 반짝이는 것이다.

부고를 미리 받다 또는 미리 보내다

아침에 일어나니 누군가 보낸 조화(弔花) 산비탈로 가득
하다
누구인가 내 죽을 날 알고 미리 보낸 조화들이 부라린다
울타리엔 개나리 뒤뜰로 홍매화 흑매화 산비탈로는 진달래
벚나무는 제 몸 한가득 꽃 들고 가슴을 먼저 파고든다

한 번도 조화를 보낸 적 없는 놈이 잔칫상 받아도 되나
밥 한 숟가락 달라는 빚을 뭉개버린 놈이 이래도 되나
저녁이면 진흙 잔뜩 묻은 발을 몰래 씻는 잡놈이
온 천지 가득한 조화를 받아도 되는지 철렁 내려앉는 가슴,

누구인가 내 죽을 날을 알고 논둑 밭둑 산으로 강으로
냉이 민들레 제비꽃 덤으로 피우곤 비를 슬슬 뿌리는
평생 제 구멍만 채우느라 이빨을 아침마다 닦는 놈에게
하늘과 땅에 조화를 가득 보내신 분은 정녕 누구인가

십 년 이십 년 삼십 년 후일지 모를 조화들이
오늘 아침 한꺼번에 미리 도착하여 죽음을 단청하는 것
나도 오늘부터 누군가에게 조화를 보내야겠다는

아니 이제라도 생화(生花)를 보내야겠다는 떡잎 두 장
피다.

제4부

즐거운 식사법

굶고서 산비탈에 누워봐요 고픈 배로 나물 자라요
고픈 눈으로 나무들이 들어와 높이 가지를 들고
산마루 바람이 갈비뼈 사이를 쑥쑥 돌아다니고
칡넝쿨 소나무 감고 으름 여무는 소리 들려요
송사리 그 싹을 먹으려 드나들다가 소름을 물면
깊은 골짜기 숲속 가지마다 뭉게구름 피어나요

뱃속의 배를 비우고 산비탈에 누워봐요
막다른 길목일 때 차라리 알거지로 누워봐요
가난해질수록 나무가 통째로 핏속을 돌아다녀요
산이 어두워지면 같이 어두워지는 손과 발
늦가을 알밤 떨어지듯이 산비탈에 누우면
연못 아래로 달과 별이 마중 나오지요

폭설이 마구 내리면 같은 길이 없어지지만
봄이면 같은 양지부터 눈이 녹아내리구요
하루쯤 굶고 오르면 섭섭했던 쪽으로 넓어지는 길
오히려 견딜 수 있을 만큼 굶고 누워보아요
우주가 들어도 남는 자리에 떠도는 구름
아침이면 천지가 하나의 물방울로 웃고 있지요.

장충단공원을,

지나 남산 돌계단 오르다 햇빛과 마주치자
너 참 잘 만났다며 처음엔 주머니 뒤지다가
의사처럼 여기저기 검진하던 햇빛이
대뜸 내 이력서를 검토한다

푸줏간 고기처럼 함부로 파헤치는 칼에
순식간에 뼈만 앙상하게 남고 마는 나
태우면 재도 남지 않을 놈이라고
걷어차는 햇빛의 발길질을 보물처럼 안고,

산에 오르니 한참 뒤 햇빛도 미안한지
똥만 가득 찬 몸을 데우기 시작한다
똥자루에서 모락모락 피어오르는 김을
외면하려 해도 땀방울까지 흘리는 것에,

나도 모르게 수건 꺼내 똥자루를 닦는다
한 생애 남은 것이 똥자루 한 자루냐고
다시 어디선가 다그치는 소리 들려도

그런 똥자루를 닦고 또 닦고 있는 나,

아예 햇빛과 같은 각도로 바닥에 누웠어도
눈을 감고 죽은 척해도 자꾸 들리는
망치로 안이비설신의 막고 막아도 들리는데
저 살겠다며 방귀를 뿡뿡거리는 똥자루다.

바람의 뼈

충무로 을지로 바람 씹으면 푸석타

안성 접어들면 끈기 있어진다

엽선고개 넘어 백곡을 파고들면

나무의 육즙이 묻어나고

명암리에 접히면 탯줄에 감긴다

엄마! 하고 가방을 빨랫줄에 걸어놓고

뒷산으로 도망치면

쫄깃하게 손목을 잡는 여름

물푸레나뭇잎 그늘에 겹치자

저절로 피는 웃음

솔잎 한 움큼 떼어 물자

가득히 물리는 바람의 뼈

오독오독한 저항을 씹으면

목소리 한 옥타브 올라가고

도라지 나리꽃 꽃잎을 씹자

짐승의 피가 두개골에 흠뻑 터진다

알몸을 폭포에 담그면

구름을 밀던 바람

오장육부 일일이 당겼다가

사람과 사람 사이에서
서너 발짝 뒤로 풀어놓는 욕심
서울로 돌아와 웃을 벗으면
와스스 쏟아지는 바람의 뼈,
이빨에도 한동안 걸려 있을 것이다.

괄약근

트럭이 파 마늘 배추 하며 빠져나간다
간간이 중국집 오토바이가 역주행하다
시비 붙는 골목길은
힘주어 살아야 빠져나가는 괄약근이다
미처 나가지 못한 빙신들이 머리 맞대고 있어
오늘도 항문은 뜨뜻하다

개들도 한자리 차지하고 누워 있어
간혹 막히기도 하는 괄약근
끙끙거리며 서로 삿대질하다 보면
막걸릿집만 북적이는
서로 밀고 당기다 보면
어느새 한두 집은 빠져나가는 산동네,

평생 잡일하고 다닌 김 씨
교도소 세 번 다녀온 오 씨는
평생 괄약근에 살자고 서로 위안한다
쿰쿰한 냄새 나누자며 히히덕거린다
이빨에 고춧가루 낀 것처럼 핀

호박꽃을 지붕으로 당기는 햇빛,

숙변처럼 남은 사람들만 있어
괄약근은 헛방귀 다반사지만
누군가 괄약근을 밀고 들어오면
오히려 더부룩해지는 마을,
작년에는 막바지에서 교사 판사가 났다고
쌀방귀가 가끔 터지기도 하는.

손과 손

밥을 주던 손에게 죽임을 당한 개
등짝 쓰다듬던 손에게 목 졸린 개를
저녁의 식탁에서 손들이 먹고 있다
손자에게 아들에게 아내에게
서로 식지 않게 건네주고 있다
정녕코 바위같이 믿었던 손이
여름 건강식으로 개를 나누고 있다

잠시 주인에게 저항하던 믿음도 삶아
개고기로 맛 내었고
그래도 다물고 있는 입에는
칼을 넣어 마지막 한마디 물고 있는
혓바닥을 잘라 소금 찍어 먹는다
반갑다 흔들던 꼬리마저 썰어놓자
손과 손들이 잽싸게 다녀간다

개의 오장육부 손의 오장육부로 흩어진다
뱃속에 잘 도착했는지 트림을 한다
손은 그 소리를 행복하게 듣고

TV를 켠다 이라크 자살 폭탄에서
탄식을 하는 입술, 엊그제 다시
사 온 강아지를 그 손이 쓰다듬고
손을 핥는 강아지 아직은 꼬리가 짧다.

죽음의 발자국

눈 위를 죽은 발자국이 따라오고 있다
누르면 깊어지는 죽음, 동일한 내용이
바람이 부는 대로 쓰여 있는 것
쓴 것이나 누른 것이나 색깔도 같다
푸른 대로 어두우면 어둔 대로,

고라니 발자국에도 이어져 있다
연못에는 주검의 노래만 있으려 하지만
저녁이 오면 버거워지는 산골짜기와
단단히 묶여져 있는 죽음이
겨울이면 증빙서류처럼 얼음을 내민다

그 위로 즐겁게 미끄럼을 타본다
죽음은 산 자와 대척점에 있는지
나를 맞은편으로 미끄러지게 한다
같은 방향으로 돌아와 뒤돌아보니
바닥으로 빛나는 얼음,

죽음도 닦으면 닦을수록 반짝이겠다며

반복하니 죽은 얼굴이 깨끗해진다
겨울을 옆구리에 끼고 있는 앞산에
햇빛이 능선으로 비춘 저승길을
식은 채 웃는 얼음이 무지개로 반사한다.

유서 즐겁게 작성하기

내 죽으면 장례식을 하지 마시오
문상도 받지 말고 화환 꾸미지 말며
죽은 뒤 사흘 후 그냥 화장해서
아버지 산소 아래 뿌리시오

그때 조문은 내가 직접 받겠소
햇빛은 매일 문상할 것이고
소나무는 상주 노릇 할 것이며
계절이 꽃을 장식할 것이오

뼈를 소나무 아래 뿌리면
소나기 후드득 맞을 것이고
개미가 한 조각 뼈를 물고 가도 좋은
양지바른 언덕의 근처 밤나무,

가을이면 툭툭 떨어지는 소리
잎사귀 빨갛게 물이 들다가
찬서리에 우수수 쏟아지는 날

첫눈이 불쑥 찾아오면 더 좋은,

수목(樹木)의 줄기에 쌓이는 눈을
바닥에 놓칠 때 흔들리는 가지로
새가 날아들어 울어대면
정녕코 나는 쓸쓸하지 않겠소.

울음의 기원

사자가 목을 물자 물소의 울음이 사자의
이빨에 물려 사자 핏속으로 섞여버렸다
발버둥 칠수록 물소의 설움 분노 억울함
물소의 살아온 내력과 살아갈 날의 시간
사자의 송곳니에 오도 가도 못 하다가
차라리 사자의 이빨을 타고 개울 건너
사자의 동족으로 걸어가고 있는 오후,

물소 목숨은 먹지 못하고 고기만 먹은
물소 추억과 사랑은 한 점 씹지 못하고
물소의 식은 뼈다귀만 물고 다니다가
하이에나가 나머지를 숲으로 달아나자
바람이 앞질러 엎어놓는 생토(生土)에
올바르게 싱싱해지는 줄기와 가지 끝
푸르른 하늘로 나무는 둥근 웃음 걸쳤고,

표범의 발톱에 남은 피를 햇빛은 말려도
날아오른 독수리가 폭력을 다시 펼치자
오히려 핏줄 선명하게 빛나는 바오밥나무

허기의 등불이 사자 오장육부에 켜지면
계곡 타고 솟아오르기 전에 고기를 물어야
꺼지는 불로,
나일강은 세상에서 긴 어둠으로 반짝인다.

착한 시(詩)를 쓰시는 하느님

내 빈 뜨락에
찬바람 빙빙 돌면
냉이 민들레 제비꽃으로
구석구석 채우시는 분,

내 빈 방에
남루(襤褸) 걸어놓으면
송홧가루 불어와
슬슬 묻히시는 분,

내 빈 가슴에
먼지 풀풀 쌓이면
삽자루 쥐여주시곤
땀방울로 씻으시는 분,

내 빈 뼛속에
한숨 소리 울리면
냇물 소리 드높여

잎사귀 펄럭이게 하는 분,

내 빈 기도에
햇빛 서성거리면
흰나비 몇 마리 보내
장다리꽃에서 놀게 하시는 분.

전기의 우화(羽化)

미성아파트 변압기는 지하로 내려가야 만난다
이십오 년 인쇄출판 경작하다 다 털어먹고
지하로 내려간 날은 한여름이어서 소나기
달려가고 햇빛 까맣게 그을리느라 부산해도
지하에서 올려다보면 한결 푸르렀다
바닥에서 올려다본 적은 있었지만
바닥에 넘어져 등짝으로 보는 것과 달리
바닥 아래로 넘어진 지하의 저녁에서
집집마다 켜지는 전등은 꽃처럼 피어났다
바닥에서 지하로 무너진 것이 오히려
행운이라는 생각은 지하에 내려오면
꿈마다 떡잎이 손끝발끝에서 인사를 하는
언제나 지하수 솟아나 마르지 않는 뼈,

집집마다 다녀온 전기 그냥 돌아오지 않고
가구마다의 이야기 환하게 풀어놓는다
외롭거나 고독한 어둡거나 침침한 내재율
제 몸 달구어 음침한 골목길 밤새워 지키며
술 취하거나 병든 사람들의 오장육부에

문득 채송화 민들레 해바라기 피우는
눈보라 쏟아지는 날에는 나비가 되어
멍든 사람들의 핏속 뼛속을 날기도 하는
전기가 변압기 속에서 웅웅거린다
거친 안이비설신의 다녀오느라 지친 몸
저 홀로 양극과 음극에 접혀 있지만,
누군가 스위치 올리면 알몸으로 달려가
마른 가지 끝에도 뜨거운 꽃을 피울 것이다.

꽃신

모가지 꺾이고 신발 흩어진 자리마다 민들레 피었다
싼 값으로 속잎 마구 떨어진 자리마다 웃는 냉이
생짜배기 무처럼 뽑혀진 발목들이 돌아오는 봄이다
가족인 양 한 무더기 노루귀 짝 잃고 피어나는 복수초,

그때 신발 흩어진 것처럼 봄날 떡잎 잃은 목숨처럼
붉고 노란 개나리 진달래 일어서는 서우봉
모였다 흩어지는 바람에 재잘재잘 흔들리는 유채꽃
제일 먼저 동백꽃은 생피 솟듯 언제나 단숨에 달려왔다

꽃 진 자리를 용케 알고 아니 여기서 까맣게 식었다
햇빛에 불려 나오는 발목들 정녕코 여기서 접혔다고
산비탈마다 맨발 맨손으로 꽃이 된 신발들이다
아무런 값없이 이유도 모르고 함부로 꺾이고 잘렸지만,

화인(火印)으로 돌아오는 한라산은 벌건 꽃밭이 되었다
그래서 속절없이 빛나는 너븐숭이 옴팡밭 곤을동
봄나물처럼 살았는데 갑자기 들이닥친 폭력에 져버린

수천 수만 꽃신들이 어깨에 맺힌 폭력 툭툭 털고 있다

살았을 때에는 고무신 꿰매었지만 이젠 꽃신을 신었다
진흙이 묻은 얼굴로 여기저기 밭에 버려진 남루였지만
함부로 쏘다닌 흉기에 뚝뚝 부러진 동백꽃이었지만
동지(冬至) 건너고 말았는가 꽃신들이 여기저기 오고 있다.

낙화(落花)

ㄱ ㄴ ㄷ 배워야 할 사월 꽃잎에 폭력이 다녀갔다
자장가 들어야 할 것들이 밤새워 숙제를 하고
선생님 꾸중 들어야 할 녀석들이 바다에 놀러 갔다
햇빛 그을려 할머니에게 야단맞아도 걸리는 웃음,

덩달아 웃는 유채꽃 무꽃에 할아버지도 웃고 마는
초승달 손톱만 한 녀석들이 양지바른 밭두렁마다
민들레 냉이 숨결로 할딱거리던 가느다란 가슴
새로 산 신발을 생토에 놓치고 낙화한 꽃잎을,

영점(零點)의 바람이 함부로 몰고 다니는 날이었다
그 어린 비명을 품고 갑자기 달려든 폭력에
어미도 꽃잎에 뒤섞여 식어가는 날은 춘삼월
아비는 뒷산으로 끌려간 뒤 요란한 총소리가,

마을에 울려도 진달래 개나리를 깨우던 계절은
고사리 손목발목을 얼은 날바닥에 덜컥 묶어놓고
등고선 따라 바람난 봄빛과 육지로 달아난 터를

홀로 지키다 끝끝내 까맣게 저문 나라는 삼천리,

여름이면 먹구름 몰려오다 너븐숭이 만나기도 전에
툭하면 털썩 주저앉는 소나기에 애멀게 웃자란 나무
섭섭한 듯 멀어질 듯 옴팡밭 너븐숭이에 떨어진 꽃잎
낙화가 아닌 시나브로 도착한 목숨 ㄱ ㄴ ㄷ으로 있다.

백비(白碑)는 동백꽃이다

담을 것이 꽃자리 새길 것 핏빛이여 백비이지요
우듬지에 그리기보다 뿌리에 새겨야 할 것이 많고
밖이 아니고 안에서 밀어야 서는 것이 백비,

봄이 지나는 오름마다 피는 버짐에 무너지거나
넘어질 듯 가로막는 아지랑이 뼛속을 쏘다니어
앞에서 읽기보다 뒤에서 핏줄 돋는 것이 백비,

비에 새겨야 할 것 민들레 냉이 복수초 새우란
올해도 환하게 피었네요 한라산 절며 가는 길
개나리 진달래 동백에 매달려 잘도 조는 나비,

바람에 흔들릴수록 유채꽃은 더 만발하지요
밑동이 잘린 나무는 새로 돋는 순이 수십 개
불에 그을린 돌담은 풀섶 아래서 쉬고 있지요

사월의 햇빛은 되살리겠다고 맨몸으로 데우는
아니 알몸 껴안은 비탈마다 설앵초 섬매발톱

구상나무는 어깨에 실한 꽃봉오리를 달았지만,

다랑쉬 옴팡밭 너븐숭이 곤을동 꽃잎 하나 없이
생토(生土)로 누운 우리 님, 이젠 너와 내가 일으켜
백비에 동백꽃 올려야 하지요 4.2 4.4 아닌 4.3

나무에서 읽다

왼쪽 무게만큼 오른쪽도 무거워졌다
왼쪽 가지 푸르면 오른쪽도
하늘을 향하여 맘대로 우거졌다
오른팔 잘라내면 중심이 휘는 나무
왼팔 솎아내면 척추측만증
한쪽 멀어지면 다른 하나가 잡아당겨
마침내 하늘 높이 다다랐다
태풍 불어도 쓰러지지 않았다
좌우가 한 몸인 나무를 베어보면
×가 아닌 한결같이 〇표,
좌우로 흔들린 나무일수록
견고해진 곧은 줄기를 얻었다*
좌우 끝까지 팔을 벌린 만큼
나무들은 맑아지는 중심에
바람에 감사했다 그래서 흔들리지
않을 때에는 홀로 흔들었다
저 홀로 흔들릴수록 단단해지는
속으로 흔들수록 곧은
목숨을 나무들은 세우고 있다

오늘도 나무들이 소나기 맞으며
좌우의 중심을 뜨겁게 찾다가
제자리로 돌아온 저녁
내일 다시 좌우의 날개를 펴려
하늘을 배경으로 우뚝 서 있다
좌우가 무성해도 조용한 숲
오히려 찬란하게 빛나는 별,
하나의 뿌리와 줄기로 너와 나도
백년을 왼쪽 오른쪽 흔들렸으니
정녕코 우리 발바닥도 곧 환해지겠다.

* 도종환, 「흔들리며 피는 꽃」

바다에 핀 꽃

마침내 꽃이 쏟아졌다 저절로 피는
눈비 내려야 피는 꽃이 아니다
세상 캄캄해질 때에
피는 꽃이 백만 송이 넘게 피었다
억만 송이를 배경으로
광화문에 붉지 않은 것은
한 송이도 없는 꽃이 대웅전이다
바람 불수록 찬란해지는
추워질수록 거부하는 꽃
눈 감거나 외면하면 가운데를
밝히는 꽃이 성벽을 세우고 있다
다시 문패를 걸고 있다
길이 버려지면 버려진 길로
막으면 막은 길로, 꽃이
손에서 주먹으로 건너가자
막바로 용설(涌泄)이 차올랐다
꽃이 필수록 싱싱해지는 바다
꽃만 남겨두고 삼키는 파도
바다에 촛불이 피자

통째로 눈이 내린다
꽃이 필수록 파도는 거칠고
파도칠수록 환해지는 꽃,
광화문에는 꽃으로 깊어진 바다
백만 천만 송이 꽃이 피자
민주주의 바다
바다보다 푸른 민주주의 피었다.

나무의 반야바라밀

이십 년 넘게 치매를 앓던 앞집 할머니
위암이 머리로 번져 헛소리 하던 송씨
술독에 빠져 폭력을 휘두르던 김씨도
한 달 사이에 저승으로 간 나무에
아침부터 봄비가 추적추적 내린다
나무들은 할머니를 진찰하다
곧은 내력은 줄기와 잎으로 챙기고
치매는 살살 더듬어 나이테로
송씨 위암은 둘둘 말아 나뭇잎 끝에
이슬로 매달거나 꽃으로 피우고
김씨 폭력은 벌레가 먹었는지 우멍하다
독사와 구더기 득실득실한 사람도
가을이면 단풍 들게 하는 나무들은
고치지 못하는 것이 없는 의사
한 번도 의료사고가 없는 명의(名醫)
주검을 생토(生土)로 깨끗이 환원하였다
가난하건 부자이건 차별하지 않고
안이비설신의 구별하지 않고
나무들은 제 **뼛속의 뼈**로 안치(安置)하였다.

몸과 바닥을 꽃피우는 식물적 상상력

정연수

자신의 의지와 상관없이 세계 속으로 던져진 피투성(被投性)은 죽음이나 불안 등의 감정을 필연적으로 동반한다. 하이데거가 『존재와 시간』에서 밝혔듯, 유한의 생명체는 시간과의 관계 속에서 피할 수 없는 죽음을 안고 살아간다. "김이 무럭무럭 나는 죽음"(「죽음을 자장면이라,」)에 대한 운명을 자각할 때, 비로소 현존재는 미래의 새로운 삶을 모색하는 기투(企投)를 가능하게 한다. 기투하는 존재 방식 외에도 '세계-내-존재' 속에서 타인과 상호작용하면서 삶의 의미를 깨닫는다. 현존재는 세계 속으로 던져져 있지만, 타자와 공존하면서 삶의 의미를 확장한다.

"정화조/청소하러 들어가는 두 분"에게서 "매화나무 단풍나무 벚나무보다/천 배 만 배의 꽃이 핀 것을 읽"는 힘은 타자와 공존하는 의식이자, 타자 윤리학이기도 하다. 잡초를 꽃처럼 여기는 시선의 힘을 갖출 때 낮은 자에게서도 피는 꽃을 볼 수 있다. 그때 비로소 '낮은 자–높은 자'의 이분법적 구도가 사라진다. 마치 생태 담론이 '인간–동식물'의 차이를 없애고 '꽃–잡초'의 경계를 없애듯, 소외층을 환대할 때 타자 지향의 길이 열린다.

"내 빈 방에/남루 걸어놓으면"(「착한 시(詩)를 쓰시는 하느님」), "슬퍼할 겨를도 없이 살아내려/아리랑 고개 넘는 어머니의 힘"(「지옥행 열차」), "가난해질수록 나무가 통째로 핏속을 돌아다녀요/산이 어두워지면 같이 어두워지는 손과 발"(「즐거운 식사법」), "저녁에 눈높이 맞추는 가난한 발목들"(「노동의 비결」), "누군가 먼 아침부터 배를 곯고 우는가"(「직립의 비결」) 등의 구절처럼 낮은 곳으로 향하는 시선이 가득하다. 가난한 자신도 있고, 가족도 있고, 이웃도 있고, 노동자도 있고, 낯선 타자도 있다.

강태승은 "내 안의 헐벗거나 병든 나뭇가지"(「화사(花蛇)」)에 대한 성찰을 통해 자본주의의 폭력이 빚은 벌거벗은 생명에게 애정을 보낸다. "연탄불을 타고 저승으로 갔다"(「생활고」)는 노부부라든가, "평생 잡일하고 다닌 김 씨/교도소 세 번 다녀온 오씨"(「괄약근」) 모두 우리의 환대가 더 필요한 존재들이다. 강태승의 시집 전편에서 하이데거의 사회존재론과 레비나스의 타자 윤리학이 겹쳐서 읽히는 것은 소외층을 향한 따뜻한 시선도 아름답지만, "가장 낮아서 가장 높은 꽃"(「끝끝내 쓸쓸하지 않는 이유」)으로 승화하는 긍정의 힘이 큰 까닭이다.

내가 그를 버려도 그는 버리지 않았다

가난한 그림자에 잡혀 모두 달아나도
그만은 달아나지 않고 함께했다
똥값이 되고 아무리 더러워져도
끝끝내 나와 동침하는 것은 그였다
고맙고 미안하여 벚꽃 아래 누이니
감사한지 눈물 흘리는 육신
알량한 선물이 고마운지 막막해지는 것
내가 사랑하지 않았어도
언제나 나를 사랑하였던 그였다
달아나고 버리고 싶었어도
육십 고개를 넘다 돌아보니 여전히
따라오는 것 또한 달랑 육신 하나,
더도 덜도 말고 그처럼 나도 사랑을 하고 싶겠다.

— 「몸 또는 육(肉)의 반야바라밀」 부분

육십 년을 지탱한 몸, 그것을 바라보는 또 다른 몸의 의식을 반영한 작품이다. 세계−내−존재로 던져진 몸은 "가난한 그림자"가 상징하듯, 자본사회 속에서 생계를 꾸리는 벌거벗은 생명의 몸이다. "똥값이 되고 아무리 더러워져도" 노동자에게 몸이 각별하듯, 강태승의 시세계에 있어 몸은 특별한 의미를 지닌다. 64편의 시에서 '안이비설신의'가 9번이나 등장하는 것도 그 때문일 터다. "망치로 안이비설신의 막고 막아도 들리는데/ 저 살겠다며 방귀를 뽕뽕거리는 똥자루"에서 드러나듯 안이비설신의는 몸이자, 감각이자, 정신으로 현현하고 있다. 몸은 곧 마음이니, "마음이 알몸"(「마음이 사는 법」)으로서 봄의 성신을 깅

화한다.

안이비설신의를 두고 불교에선 백팔번뇌로 연결하기도 하지만, 강태승은 각성의 정신이자 감각을 통해 세계의 현상을 이해하는 창구로 접근한다. 안이비설신의는 몸으로 쓰는 시적 상징이자, 몸으로 피우는 꽃인 셈이다. 노동자의 몸이 노동의 현장에서 부딪히고, 서민의 삶이 사회 속에서 몸부림치듯 몸은 세상과 만나는 구체적 도구이다. 온몸으로 세상을 대하고, 현장 속에 몸을 던지는 방식을 통해 몸이 구현된다. 또한, 몸은 구체화한 삶의 세계이자, 낮은 바닥을 향하는 시선이자, 생명과 죽음이 경계를 이루는 지점에 대한 성찰로 작동한다.

"쟁기질하다 산비탈에 누우면 진달래 개나리에/화상(火傷)을 입는다 아예 화장(火葬)하라고/웃통 벗으면 검불덩이 불붙듯이 금세/몸에 가득 찬 불이 뱀처럼 돌아다니면서/같은 진달래 개나리꽃을 피운다"(「화장(火葬) 또는 화장(化粧)」)라는 구절처럼 '꽃―몸―불'이 일체화되어 나타나는 것도 강태승의 몸은 식물이고, 자연이고, 우주이기 때문에 가능하다.

> 솔기가 몽땅 터진 사람은
> 가지마다 눈보라 가득하다
> 산을 오르는데 진달래 벚나무
> 생피 던지는 탓에 사람들은 나무가 된다
>
> —「과녁」 부분

'사람이 나무'가 되듯 사람과 나무의 경계가 사라진다. 또 다른 시들에서도 보면, "지금은 주인이어도/끝내는 곧 쫓겨날 집 주인"이라든가, "안과 밖에 있어도 어차피 주인"(「집주인 만나기」)에서처럼 안과 밖 혹은 주인과 손님의 경계를 해체한다. 또 "머리 있어도 없어도 불(佛)"에서는 형상과 법을 해체하고, "머리를 비워 솔방울도 도토리도 불이 되는/죽음을 얻어도 생불(生佛)인 무두불이 경주에 산다."(「간화선(看話禪)의 비밀」)에서는 식물성과 불성의 경계를 해체하고 나아가 삶과 죽음의 경계마저 해체한다. "이승에 본적 있는 저승 저승에 주소가 있는 이승"(「허기의 끝」)에서는 이승과 저승의 경계를 해체한다. 경계를 해체하며, 경계를 넘어서는 것은 식물성을 통한 자연의 삶, 생명의 삶, 평등의 삶을 지향하는 시의식에 닿아 있다.

> 나도 저 벚나무처럼 오지게 꽃을 피우고 싶다
> 손과 발 이마와 정수리에도 꽃을 달고 싶다
> 심장과 간 오장육부 어디든지 꽃 피우고 싶다
> 심지어 불안 우울 절망에도 꽃을 마구 달고
> 봄비 맞으면서 개울가에 당당히 선 나무처럼
> 나도 핏줄마다 뼛속 어디든 빈 곳 없이 피워
> 한나절이라도 벚나무처럼 환하게 서고 싶다
>
> —「벚나무를 보면서」 부분

꽃을 피우는 행위는 삶의 구체적 성과이자, 절망 속에서 찾아낸 희망의 의지이다. "심지어 불안 우울 절망에도 꽃을 마구 달" 수 있는 힘은 "개울가에 당당히 선 나무"의 자세에 기반한다. 절망과 희망의 길항과 극복 의지는 강태승의 시 전편에서 일관되게 나타난다. 낮은 세상을 다루면서도 따뜻한 시선이나 희망을 버리지 않는다. "모든 집을 잃을수록 견고해진다/나를 버릴수록 커지는 집"(「집주인 만나기」)이라든가, "캄캄해질수록 실하게 웃는 햇빛"(「햇빛의 화장(火葬)」) 등에서 보듯 역설을 넘어선다. "모든 통증과 슬픔 고일수록 반짝이는 윤슬", "통증이 클수록 새벽마다 세상을 덮는 함박눈"(「고통의 힘」)은 절망에서 희망을 찾아가는 의지의 표현이다. '고통의 힘'이란 낮은 바닥에서 살아가는 사람을 견디게 하는 바닥의 미학, 절망의 미학이기 때문이다.

> 아침에 나가보니 함박눈이 시 한 편 썼다
> 감나무 가지엔 군데군데 띄어쓰기 했지만
> 햇빛이 비추자 일제히 모서리 반짝인다
> 참새가 운(韻)에 앉아 지저귀다 날아가도
> 두 편 세 편이 되지 않는 하느님의 시,
> 바람이 청솔가지 툭툭 차버리면
> 낱말 우르르 쏟아져버리거나
> 하늘 높이 날릴지라도 바뀌지 않는다
>
> —「시 한 편 읽기」 부분

"함박눈이 시 한 편 썼다", "감나무 가지엔 군데군데 띄어쓰기", "참새가 운(韻)에 앉아 지저귀다" 등의 구절에서는 수사적 미학도 돋보인다. 다른 시 「슬픔 널기」에 등장하는 "봄빛엔 슬픔을 널기 적당하다"라거나 "한나절 뱀처럼 잠들면/이브도 보일 듯한 봄빛인데"에서는 감성 촉촉한 수사도 돋보인다. 내용

과 형식을 모두 놓치지 않겠다는 시정신도 아름다우나 그보다
더 아름다운 것은 식물적 상상력이다. "나무들도 겨우내 얼었
던 상처를/꽃으로 환하게 피운 것"(「슬픔 널기」)에서 보듯, 식물적
상상력을 기초로 한 생태학적 시선은 절망을 극복하는 낙관적
의지와 상호작용하고 있다. "익은 사과 떨어지듯이 툭! 떨어지
는 한숨"(「염(殮)」)이라든가, "죽어서도 점점 단단해지는 자유가
풀잎에서 솟는다"(「자유의 식성」) 같은 구절은 식물적 상상력이 빚
은 자유의 의지이자, 죽음까지 극복하는 저항 정신이기도 하
다. "주검을 생토(生土)로 깨끗이 환원하였다/가난하건 부자이
건 차별하지 않고/안이비설신의 구별하지 않고"(「나무의 반야바
라밀」)에 이르면 평등한 세상과 자연으로 환원하는 정신으로 확
장한다. "툭하면 사지(四肢) 척척 자르는 당신이지만/정녕코 그
건 그대 가지를 자르는 것"(「전정(剪定)」)이라는 식물적 상상력은
식물과 나의 경계를 허물면서 생태학적 시선으로 확대되기도
한다.

> 아침마다 당기던 일터가 툭 끊어지자
> 그의 식구들이 끊어진 연(鳶)처럼 흩어졌다
> 실이 팽팽하였을 때는 비린 국이 끓었고
> 아침마다 신문이 몸 냄새를 풍기며
> 콩나물보다 노란 소식 전해주었는데
> 실이 잘리자 노모(老母) 먼저 분리되었다
> …(중략)…
> 이제 매니 한부르 디나드는 찬바람
> 낮은 데 살아야 보이는 것들이

말을 걸어온 것은 그때였다
살림살이 눅눅해지자 제일 먼저
찾아온 손님은 검은 곰팡이
아랫목에서부터 영토를 넓혀가더니
저승의 선물인 양 물방울 맺혔다
…(중략)…
연줄이 다시 실하게 당겨지자
얼마 뒤 노모가 봄꽃처럼 돌아왔다
팽팽해지자 아이들 옷에 꽃이 피었다
그만의 간판에 밤마다 불이 들어왔다
겨울에도 꺼지지 않을 저 연(鳶), 피어라 연꽃!

— 「피어라 연꽃!」 부분

　　취직과 실직을 반복하는 서민의 곤궁한 삶을 시화하고 있다. 실직은 노모가 분리되듯 가족 공동체를 위협하고, 집 안에는 우울한 곰팡이가 번진다. 후반부의 희망적 결말을 제외하더라도 정조가 어둡지 않다. 강태승의 시가 대체로 싱싱한 시상을 드러내는 것은 빛과 식물성을 오브제로 활용한 덕분이다. 식물성 희망의 꽃이 피어나면서 흙탕물에서도 꽃 피우는 연과 하늘을 나는 연이라는 중의적 해석을 가능하게 한다. 시니피앙이 '연'이라고 발화할 때, 시니피에는 '하늘을 나는 희망의 연'과 '결실로서의 연꽃'으로 개념화하는 것이다.

　　아침에 일어나니 누군가 보낸 조화(弔花) 산비탈로 가득하다
　　누구인가 내 죽을 날 알고 미리 보낸 조화들이 부러진다

울타리엔 개나리 뒤뜰로 홍매화 흑매화 산비탈로는 진달래
벗나무는 제 몸 한가득 꽃 들고 가슴을 먼저 파고든다
…(중략)…
누구인가 내 죽을 날을 알고 논둑 밭둑 산으로 강으로
냉이 민들레 제비꽃 덤으로 피우곤 비를 슬슬 뿌리는
평생 제 구멍만 채우느라 이빨을 아침마다 닦는 놈에게
하늘과 땅에 조화를 가득 보내신 분은 정녕 누구인가
　　　　　　　—「부고를 미리 받다 또는 미리 보내다」 부분

　죽음이란 어휘는 생명의 가치를 강화하는 기능을 하는데, 위
의 시는 식물적 상상력과 어울리면서 경쾌한 죽음을 가능하도
록 이끈다. 아침에 개나리·매화·진달래·벚꽃 등을 볼 수
있다는 것은 실존한다는 생명을 증명한다. 이 실존을 조화(弔
花)로 치환하면서 언젠가는 "내 죽을 날"을 잊지 않겠다는 자
각으로 꽃피운다. 죽음은 실존을 가장 본질적으로 이해하도록
돕는 상징이자, 과거–현재–미래의 시간 선상에서 기투하는
삶을 가능하도록 돕는 기제이다. 강태승의 시에서는 죽음을
딛고 일어선 현존재의 자각과 절망을 딛고 일어선 희망의 의
지가 동일한 양상으로 작동한다.

　　나도 어차피 갈 것이지만
　　죽음의 속도는 제각기 달라
　　순식간 앞서기도 하는 교통사고
　　그렇겠다, 죽음은 언제나 사고(事故)다.
　　　　　　　　　　　—「죽음이 도착했다」 부분

팔십 년 한 생애를 간단히 들어 차에 넣는다
생애가 아니라 단지 돼지고기 백 근의 무게,

차바퀴는 즐기면서 슬슬 굴러가는 빗길이다
그에게 기억된 무게만 십 톤 넘었을 것이고

— 「장의차」 부분

「죽음이 도착했다」는 시에서는 죽음의 속도는 달라도 유한의 생애가 평등을 만든다는 것을 암시한다. 「장의차」는 사후의 몸을 해학적 방식으로 규명하고 있다. 죽음을 일상에서 버무리는 작업은 실존의 확인이자, 기투하는 삶을 향한 의지의 표명이기도 하다. 생명이 떠난 육신은 "그 모든 것들이 감쪽같이 삭제된 고깃덩이 한 점"이거나 "냉동실에서 꺼내자 그는 단지 글자 하나 없는 책"(「사자(死者)의 서(書)」)에 불과하다. 그런데도 "죽음이 맛있게 다시/죽으며 입가에 웃음을 남"(「죽음을 자장면이라」)기도록 끊임없이 죽음을 비벼보는 것은 '현재에 깨어 있음'을 통한 한계의 극복 과정이다. "세상은 하나의 커다란/베옷을 입었고 나도 베옷 속에 있었다"(「염(殮)」)라는 행위는 죽음을 묵상하는 실존이자, 삶과 죽음의 경계를 해체하면서 삶의 의미를 강화하는 방식이다.

그때 조문은 내가 직접 받겠소
햇빛은 매일 문상할 것이고
소나무는 상주 노릇 할 것이며
계절이 꽃을 장식할 것이오

···(중략)···

가을이면 툭툭 떨어지는 소리
잎사귀 빨갛게 물이 들다가
찬서리에 우수수 쏟아지는 날
첫눈이 불쑥 찾아오면 더 좋은,

수목(樹木)의 줄기에 쌓이는 눈을
바닥에 놓칠 때 흔들리는 가지로
새가 날아들어 울어대면
정녕코 나는 쓸쓸하지 않겠소.

— 「유서 즐겁게 작성하기」 부분

　죽음을 자연과 일체화한 작품이다. 식물적 상상력이 죽음과 만나 자연스러운 우주질서를 만들고 있다. "조문은 내가 직접 받겠소"가 지닌 역설의 상상력은 우주의 순환 질서에 닿아 있다. "햇빛은 매일 문상", "소나무는 상주 노릇"이 가능한 세계는 시간이 지닌 운명적 한계에 저항하지 않고 자연으로 돌아가는 순례자의 의식이다. 다른 시, "죽음도 닦으면 닦을수록 반짝이겠다며/반복하니 죽은 얼굴이 깨끗해진다"(「죽음의 발자국」)라는 구절에서 보듯, 죽는다는 것이 쓸쓸하지도 우울하지도 않다. 식물로 가득한 우주의 순환 질서가 내면화하였기 때문이다. 메멘토 모리, 죽음을 기억할 때 가혹한 현실이 오히려 의미를 획득하면서 빛을 내거나 꽃을 피울 수 있는 것이다.

　　트럭이 파 마늘 배추 하며 빠져나간다

간간이 중국집 오토바이가 역주행하다
시비 붙는 골목길은
힘주어 살아야 빠져나가는 괄약근이다

— 「괄약근」 부분

연꽃도 바닥에 뿌리를 두었다
바닥에 도착한 것들은 나무를 키우고
햇빛을 통째로 물고 있었다
세상 돌아다니다가 지치면 눕는 바닥
내 허물어질 자리 언제나 비어 있는 고향.

— 「발바닥으로 듣기」 부분

낮은 곳을 향하는 시선은 바닥을 통해 구체적으로 드러난
다. "간혹 막히기도 하는 괄약근"(「괄약근」)에서부터 지하철 의
자, 발바닥, 땅바닥 등 모두 바닥의 자리이다. "바닥으로 빛나
는 얼음"(「죽음의 발자국」)에서처럼 감각적으로 형상화되기도 하
는데, 바닥의 세계는 부정적인 공간이 아니다. 절망을 희망으
로 승화하는 힘이 발생하는 역설적 지점이다. 바닥을 한계점
으로 삼고 일어서거나 출발하는 공간으로 설정하고 있다. "바
닥 위에 바닥이 없고 바닥 아래 없는/바닥에서 나의 바닥은 어
디인지"(「잠깐 또는 금방이라는 시간」)라면서 바닥을 해체하기도 하
고, "바닥 아래로 넘어진 지하의 저녁에서/집집마다 켜지는 전
등은 꽃처럼 피어났다"(「전기의 우화(羽化)」)라면서 바닥을 딛고 일
어서는 희망의 끈을 노래한다. 「직립의 비결」에 나타난 "나무
들이 서 있는 것은 하늘로 오른 만큼/아래로 내려가 있는 혈족

있기 때문이다"라거나, "나무들이 끝내는 쓰러지려 열심히 선다/똑바로 넘어지려 빳빳이 직립하고 있다"는 의식 역시 바닥론의 결정체이다.

"봄나물처럼 살았는데 갑자기 들이닥친 폭력"(『꽃신』)을 견디는 민중의 삶을 가난의 경제학과 더불어 풀어낸다. 강태승의 시에 드러난 죽음이 비참하지 않은 것처럼, 가난 역시 구질구질하지 않고 서럽지도 않다. 죽음을 기억하는 것이 실존을 강화하는 것처럼, 가난한 삶 역시 식물적 상상력을 통해 희망의 몸을 발견하기 때문이다. 가난-식물-몸이 일체화하면서 절망적 바닥의 한계를 넘어서고 있다. 뿌리를 내리고 줄기를 뻗어 바닥을 딛고 일어서는 첫 출발은 가난하고 소외된 자들에 던지는 따뜻한 눈길이며, 그다음은 이들을 세계의 주인공으로 이끌어가려는 의지에 있다. 「지하철 의자」에서도 "인생 막차 탄 노인들의 한숨/하루를 짐칸에 얹고 잠든 아주머니"에서부터 "실업자인 듯한 중년"에 이르기까지 다양한 서민의 군상이 구체적으로 드러난다. 서민의 고단한 삶은 "진흙 냄새 나는 바닥"에서도 주저앉지 않는다. "막힌 것은 풀린다며 윤슬 반짝이는 한강" 같은 희망을 통해 민중의 세상을 지향하는 것이다.

"쟁기를 잡고 저녁에 다다르면/개울 바닥의 돌처럼 주저앉은 몸"(「화장(火葬) 또는 화장(化粧)」)에서처럼 몸은 노동자의 전부이자, 시간 속에 작동하는 실존의 형상이다. 몸을 다양한 양상으로 변주하며, 죽음을 실존 속에 상기하는 의식들을 보면서 식물과 우리 몸의 생명도 함께 읽을 수 있다. 식물로서의 몸과 바닥으로서의 몸이 중심축을 이루면서 세계-내-존재의 가치를

155

확장하는 것이다. 시 전편에 드러난 식물적 상상력은 식물을 닮은 사람을 향한 타자 윤리학으로 향하는 줄기이자 꽃이었다. "태양 찬란한 것 어딘가 어둡기 때문"(「직립의 비결」)이라는 발견이 있기까지 소외층의 바닥을 향한 잔잔한 애정, 이 시집을 덮은 후에도 자주 생각이 날 것이다.

鄭然壽 | 시인, 문학박사

울음의 기원

강태승 시집